20년째
219번째
낙선 글

이 순 태

**마침내 발견한
이순신사랑**

고혹적인 사랑

열선루

그 앞은 이순신 신부의 꽃가마가 지나던 사랑의 길이었다
그곳은 이순신이 신부에게 영원한 사랑을 고백한 장소였다

마침내 발견한 이순신사랑

이순태

뷰티풀월드

목 차

왜곡된 이순신사랑 / 3

마침내 발견한 진짜 사랑 / 23

부치지 못한 사랑의 편지 / 29

점치는 사랑 / 41

온전한 사랑 / 55

마침내 발견한 이순신사랑 / 75

영원한 사랑 / 91

사랑과 책임 / 109

고혹적인 부사만 색깔 / 121

왜곡된 이순신사랑

"여기서 자고 가렵니다."
"그렇게 해라."

저녁이 되었다.
그녀는 장군님 방으로 곧장 들어왔다.
"왜 여기로 들어오느냐?"
"저녁에 자고 가겠다고 말씀드릴 때 허락하셨기 때문입니다."
"내가 의미한 것은 저 옆방에서 자라는 의미였다."
"저는 저 옆방에서가 아니라 여기서 자고 가고 싶다고 말씀드린 것입니다. 바로 여기 이곳에서 말입니다."
"그랬느냐. 그러면 이 방에서 자거라. 내가 저 방에 가서 자야 겠다. 아들들을 불러서 옮겨달라고 말해야겠다."
"제가 말씀드린 여기란 방이 아닙니다. 바로 아버님 품을 의미합니다."
"그랬느냐. 내 품은 따뜻하지 않다. 사실 너무 차갑다. 너도 내가 저체온증으로 이렇게 신음하고 있음을 보고 있지 않느냐. 여기 온돌이 따뜻하니 여기 온돌 위에서 자라."
"그래서 아버님 품에서 자고 가려고 합니다. 그 품을 따뜻하게 해 드리고 싶습니다."

"너는 그렇게 해도 된다고 생각하느냐?"

"당연합니다. 제가 의원처럼 하는 겁니다. 의원이 아이를 꼭 안으며 달래주는 치료행위와 같은 겁니다."

"나는 죽어도 그렇게 할 수 없다. 어떻게 내가 살려고 너를 부도덕한 여자로 만들겠느냐."

"저는 제가 아버님을 품은 것이 저를 부도덕한 여자로 만든다고 전혀 생각하지 않습니다. 저는 마땅히 해야 할 제 일이라고 생각합니다. 그리고 제 목숨을 살려주신 아버님을 위해 하는 이 행동 때문에 제가 부도덕한 여자로 취급받는다고 해도 좋습니다. 저는 아버님만 회복되신다면 부도덕한 여자로 취급당함도 좋습니다. 제가 아버님만 살릴 수 있다면 어떤 평판도 영광스럽게 생각하렵니다. 만약 이대로 아버님께서 떠나시면 저는 살 수 없을 겁니다."

"내가 네 품에 안겼다고 해서 누가 나를 흉볼 사람은 없을 것이다. 그러나 너는 이곳에서 나와 함께 지내고 나면 누구도 너를 이전의 사람으로는 생각하지 않을 것이다. 처녀인 네가 나를 품으면 사람들이 너를 어떻게 생각할 것인지 너도 잘 알고 있지 않느냐. 너도 현재 조선 사람들의 생각을 매우 잘 알고 있으면서도 나를 품어주려고 하느냐."

"저도 잘 알고 있습니다. 사실 제가 오늘 낮에 도착했을 때도 아버님을 품어드리고 싶었지만, 낮에는 너무 많은 눈이 있어서 그렇게 하지 못했습니다. 지금은 저를 지켜보는 눈들이 있다고 해도 저를 이해하는 사람들의 눈들뿐입니다. 그 사람들도 제가 아버님을 품는 것에 동의했습니다."

이렇게 말한 그녀는 장군님을 품었다. 전혀 움직이지도 못하고 신음하며 누워만 있던 장군님의 눈에서는 눈물이 흘러내렸다. 그녀는 밤이 새도록 장군님을 꼭 품고 누워있었다. 마치 엄마가 아픈 아이를 품어주는 것처럼. 그녀가 그렇게 장군님을 품고 있는 동안 옆 방에서 눈물을 흘리며 잠들지 못한 그들은 장군님이 살아나기만을 간절히 기도하고 있었다.

　-할아버지, 정말 그랬어요? 정말 이런 내용이 소설 <이순신 보물>에 기록되어 있어요? 할아버지께서 사람들 눈길을 끌기 위해 만든 이야기가 아닌가요?

　-내가 이야기를 만든다면 좀 더 흥미롭게 만들 것이다. 그러나 이것은 내가 만든 이야기가 아니라 소설을 기억한 그대로 기록한 것이다.

　-그럼, 소설 <이순신 보물>에 있는 그대로라면 글자 하나도 고친 것이 전혀 아니란 말씀인가요? 본문 그대로 기억하셨다고요?

　-그랬다. 내가 정확히 기억하고 있다. 위의 내용은 1924년도에 썼던 소설의 <잊힌 이순신사랑>이란 소제목 안에 있다.

　-그녀의 이름은 무엇이죠? 지켜보고 있던 그들은 또 누구죠?

　-그녀의 이름은 <칼의 노래>에 나오는 그 여종의 이름과 같았다. 그들이란 이미 출판했던 두 권의 책에 나오는 4명이고.

　-아! 장군님의 2명 서자와 친구들이군요.

　-맞다. 그리고 나중에 그 여종과 서자 중 한 명이 결혼했다.

　-네? 좀 자세히 설명해 주세요.

―서자 한 명이 그녀가 자신의 아버지인 장군님을 지성으로 보살피는 모습을 보고 감동해서 그녀와 결혼했다. 사실 처녀 여종이 상당한 기간 동안 장군님을 품고 지냈다. 소설에는 정확히 19일 동안으로 기록하고 있다. 그때는 장군님께서 일기도 쓸 수 없었던 기간이었다. 그래서 기력이 없어서 일어나지도 못했던 장군님께서 그녀의 보살핌 덕분에 다시 일어나실 수 있었다. 그녀의 마음에 감동했던 서자는 그녀와 결혼해서 천혜 장군이 살았던 마을에서 천혜 장군 그리고 마리오 신부의 아이를 낳은 기생과 함께 살았다. 아! 그리고 장군님의 또 한 명의 서자 부부와 함께 살았다.

　―아! 그런 내용이군요. 장군님 서자들도 결혼하고 할아버지 고향 동네에서 살았군요. 그런데 그분들이 구체적으로 어떻게 살았는지 매우 궁금해요. 언제 시간 내어서 할아버지를 찾아뵙고 자세히 들어보겠어요. 전화상으로는 별로 재미없어서요. 사실 이야기하실 때 할아버지 표정을 보고 싶어요. 그 진지하신 표정을요.

　―그렇게 해라. 아무튼 그녀의 극진한 보살핌 덕분에 고질적인 저체온증으로 너무나 힘드셨던 장군님은 점차 회복하실 수 있었단다. 사실 장군님은 언제부터인가 몸이 성생활조차도 할 수 없을 정도로 힘든 상태가 되었단다. 몸이 많이 망가져서 오랫동안 신음하며 사는 사람들은 누구든지 장군님의 그런 상태를 이해하지.

　―아! 그래서 할아버지께서도 장군님 상태를 잘 이해한다고 말씀하셨군요. 그런데 할아버지, 왜 그 소설의 작가님은 장군님께서 그 여종과 동침했다고 단정하셨을까요?

　―서자가 그녀를 사랑한 후에 그녀가 와서는 옆방에서 자고 갔

음을 기록하였다고 소설에는 기록되어 있다. 그런데 어떤 사람이 장군께서 쓰신 그 한자를 '동침했다'로 해석도 가능하기 때문이라고 설명하더라. 그리고 문학이기 때문에 얼마든지 그런 해석이 가능하다고 설명하더라.

―아무리 문학이라고 해도 명예를 훼손하는 표현은 조심해야 한다고 생각했어요. 물론 장군님께서 종과 동침해도 명예와는 전혀 상관없겠지만, 동침했다 단정한 글 본 자손들 마음이 불편하겠죠. 특히 '명량' 영화에서 어떤 장수가 거북선을 불태우고 장군님을 죽이려고 설정한 것은 너무했다는 생각이 들었어요. 그 장수의 후손들이 법정에 고소했다는 내용을 보면서 그럴 수 있겠다는 생각도 들었고요. 물론 문학적 표현이라고 무죄로 판결 났지만요. 저는 문학이라고 해도 남의 명예를 훼손하는 기록들은 죄악이라고 생각해요. 무엇이든 상대방을 배려해서 한다면 좋겠어요. 그 장수의 자손이 영화를 만든 사람이라면 그렇게 만들겠어요?

―나도 그렇게 생각한다.

―그런데 할아버지께서 소설의 내용을 말씀하실 때 어떤 그림이 생각났어요.

―어떤 그림?

―감옥에 갇힌 아버지에게 자신의 젖을 먹이는 딸의 모습을 그린 것이 생각났어요.

―아! 그 그림! 장군님이 세상 떠나신 후에 루벤스 화가(1577-1640)께서 그렸다는 <로마의 자비>를 말하는 거지.

―그 그림을 제일 처음 볼 때 어떤 그림일까 매우 궁금했는데,

설명의 글을 읽으면서 큰 충격이었어요. 사실 그때까지 단 한 번도 딸이 자신의 아버지에게 젖을 주었다는 이야기를 들어본 적도 없고, 그런 내용을 읽어본 적도 없었기 때문이죠. 어쩌면 그때 보았던 그림 때문인지 방금 장군님을 품었다는 여종의 이야기가 충격 없이 이해되었어요. 생명을 살리기 위해서 최후로 선택한 행동은 어떤 평판보다 고귀하다고 생각하고 있었으니까요.

-우리 손자가 19세 나이에 대단한 이치를 깨달았구나. 정말 장하다. 네가 말한 그 그림을 보았던 50대 남자가 했던 말이 생각난다. 벌써 10년 전이다. 그 사람은 그림을 보면서 이렇게 말하더라. "그냥 죽지, 어떻게 딸의 젖을 먹어." 그 사람은 내게 이런 말도 했던 사람이다. "50세가 넘으면 절대로 꿈을 꾸면 안 됩니다. 50세가 넘으면 이제 죽을 준비만 해야 합니다." 그런데 이 말을 하고 며칠 후에 감기 걸렸다고 죽으면 안 된다고 병원에 가서 주사 맞고 오더라. 그 후 나는 감기약도 한 번 먹어본 적 없다.

-그런 사람도 있었나요? 그런데 왜 그 사람이 50세 넘으면 꿈을 꾸면 안 된다고 말했죠?

-내가 그때 <외눈박이의 꿈의 노래>를 출판하고 세상을 떠나는 그 순간까지 꿈을 꾸며 살아야 한다고 강의했기 때문이지.

-아! 그 사람이 할아버지 강의를 들었던 거군요. 할아버지, 이제는 그런 사람들 다 잊어버리세요. 할아버지께서 50세가 넘고 60세가 넘어도 꿈을 꾸고 계시기에 제가 이렇게 할아버지와 대화할 수 있잖아요. 저는 할아버지께서 120세까지 사시면서 꿈을 꾸시며 저와 대화할 수 있길 원해요. 와! 그때면 저도 70대 중반의

할아버지겠네요.

―그러자. 두 할아버지가 다정하게 대화하자.

―그래요. 그날이 기대됩니다. 그런데 할아버지 인터넷에 장군님에 관하여 기록된 내용들을 살피면서 어떤 것들은 전혀 이해되지 않는 부분들이 있는데, 설명해 주실 수 있는지요.

저는 손자가 질문한 내용에 최선을 다해 설명했습니다. 우리 손자에게 설명한 내용을 정리하면 이렇습니다.

장군에 관한 오해들

이순신 장군님을 평생 연구한다는 사람들이 많다. 그런데 그런 사람 중에서도 상당수가 이순신 장군님에 대해서 오해하고 있음을 인터넷에서 검색해도 쉽게 발견하게 된다. 인터넷에 올라와 있는 몇 가지 내용들을 살펴보면 이순신 장군님의 글을 자신의 시각으로만 보고 자기가 이해한 이순신 장군님이 마치 불변한 진리처럼 묘사해 놓고 있는 것을 발견한다. 나는 어떤 내용을 볼 때 깜짝 놀랐다. 이 글을 올린 사람이 과연 난중일기를 정확히 읽었을까? 난중일기를 어떻게 읽었기에 이렇게 이해하고 있을까? 정말 이해가 되지 않는 내용도 있다.

오해 1-머리를 빗는 행위

내가 가장 놀랐던 대표적인 것이 이순신 장군께서 머리를 빗는 내용과 관련된 기록이다. 장군님께서는 여종을 시켜서 머리를 빗게 하신다. 그런데 여종이 장군님의 머리를 빗는 부분을 가지고 뭐라고 써놓았는지 아느냐? 바로 이것이다.

'이순신 장군이 머리를 감지 않았기 때문이다.'

　이순신 장군께서 머리를 자주 감지 않아서 머리가 떡이 되어 여종에게 머리를 빗게 했다는 주장이다. 씻지 못해서도 아니다. 씻지 않아서다. 나는 글을 읽을 때 장군께서 마치 게으르기에 그렇게 하셨다는 뉘앙스가 담겨 있음을 알았다. 그런데 이렇게 기록한 글을 보는 독자는 두 가지로 생각할 수 있을 것이다.

　1. 장군께서 전쟁 중이라서 너무 바빠서 씻지 못했을 것이다.
　2. 장군께서 너무 게으르기에 씻지 않았다.

　이렇게 생각할 수도 있지만, 전혀 이런 것들이 아니다.

　진실 : 사실은 이순신 장군께서 머리가 너무 아파서 여종에게 머리를 빗도록 했다. 문맥을 정확히 이해하면, 더욱 안타깝다. 장군께서는 자신이 손수 머리를 빗을 힘도 없을 정도로 머리가 아프셨다. 사실 장군께서는 자신의 신체와 관련된 부분을 남이 만지는 것을 즐겨하신 분이 아니셨다. 그런데 머리가 너무 아파서 여종에게 머리를 빗게 하셨다. 사실 나도 40년 이상 아팠기 때문에 아픈 사람의 심정을 잘 알고 있다. 장군님처럼 오랫동안 아픈 사람은 자신의 몸을 남이 손대는 것조차 싫어한다.

　머리를 빗는 방법은 전통적인 치료 방법 중 하나였다. 그 당시에도 아픈 머리를 치료하는 전통적인 방법이 몇 가지 있었는데, 그중에 괄사 요법이 있었다. 괄사 요법은 오래전부터 내려왔던 치료의 방법이다. 머리가 아닌 다른 부분은 숟가락을 가지고도 긁을 수도 있고, 또 나무로 만든 도구를 가지고도 그렇게 사용할 수도 있다. 인터넷 검색을 하면 많은 여성들이 얼굴에 괄사 요법을 하고 있음을 알 것이다. 그런데 그때도 이순신 장군께서는 괄사 요법을 사용하여 머리도 치료했던 것을 잘 알고 계셨다. 머리를 빗는다고 기록하고 있는데, 단순히 머리카락을 빗는 것이 아니다. 머리카락이 자라나는 부분, 즉 머리 세포들을 자극하여 치유하는 방법이다. 머리 세포에 문제가 심각할 때는 빗을 때 심지어 피가 나올 수도 있다. 그 피는 대부분 죽은 피다. 빗어서 죽은 피를 나오게 해서 머리의 아픔을 사라지도록 했다. 아픔이 완전히 사라진 건 아니지만, 그렇게 함으로써 머리 아픔이 수그러지게 했다. 물론 이순신 장군께서 완전히 건강한 몸으로 회복되는 것은 머리를 빗는 것만으로는 될 수 없었다. 몸 내부 장기 세포부터 회복되어야만 했기 때문이다.

　이미 <이순신보물>에서 내가 말했지만, 1598년 난중일기 속에는 아프다는 기록이 없다. 어떻게 해서 그렇게 몸이 회복되셨는지는 난중일기에는 한 구절도 기록하고 있지 않다. 보성군에서 만든 책자 속에서는 **이순신 장군께서 1597년도에 녹차를 자주 마시고 좋아졌다**고 기록하고 있다. 나는 소설 <이순신 보물>에서 **치유의 돌인 금광석을 사용해서 장군님 몸이 좋아졌**다고 기록되어 있음을 발견하고 내 책에서도 소개했다. 물론 장군께서 녹차를 마시고 몸이 좋아졌을 수 있다. 보성군에 가면 장군님께 녹차를 드렸던 분들의 후손들은 지금도 녹차를 재배하고 있다고 한다. 후손 중에 녹차 박사학위자도 있다고 한다. 아무튼 녹차를 마시고 좋아질 수 있는 것은 사실이고, 이 사실은 녹차를 제공하는 사람의 관점에서 매우 중요하다. 그런데 소설 <이순신 보물>에서는 금강석을 이용해서 몸이 좋아졌다고 기록하는데, 금강석을 제공한 사람들 관점에서는 금강석이 매우 중요하기 때문에 기록으로 남긴 것이다.

내가 영양소를 섭취하고 몸이 좋아지는 사람들을 상당히 오랫동안 보았는데, 많은 사람들이 자신이 지금 마시고 있는 영양소만 효과가 있다고 소개한 것을 자주 들었다. 이전에 많은 것을 마셨는데 그것으로는 효과가 없었고, 이번에 먹었던 영양소만 몸을 좋게 했다는 것이다. 사실은 모든 것이 그 사람의 몸을 좋게 하는 데 작용했다 생각해야 한다. 그전에 섭취했던 영양소들이 몸을 어느 정도 좋게 해 놓고 있는 상태에서 지금 섭취하는 영양소가 몸을 회복시킨 것이다. 그러니까 예전에 영양소가 없었다고 한다면 새로운 영양소는 몸을 회복시키지는 못했을 것이다. 사실 장군께서는 녹차를 마셨고 또 다른 방법들, 예를 들면 머리도 괄사 방법으로 관리했고 또 민간요법도 했고, 또 수많은 것을 사용하셨을 것이다. 그런 것들이 있었는데, 이제 금강석을 사용해서 부족한 부분을 채워서 몸이 완전히 좋아졌다고 말한 것이다. '금강석만 사용해서 몸이 좋아졌다.' 이렇게 말하는 것은 매우 잘못된 것이다. '녹차만을 마셨는데도 몸이 좋아졌다.' 이런 표현도 조심해야 한다. 지금까지 섭취했고 사용했던 모든 것들이 함께 작용해서 몸이 좋아지신 것이다.

수많은 사람이 어느 한 가지만이 최고라고 이야기하는데, 이 세상에서는 모든 사람의 몸을 좋게 만들 수 있는 '그 한 가지'는 없는 것이다. 모든 사람의 몸을 회복시키는 한 가지 약이나 방법은 없다.

너도 알겠지만, 나는 수년 동안 매우 집중적으로 건강을 연구했고 건강에 관한 책 4권도 출판했다. 사실 나는 수십 년간 건강을 연구했었고 또 상당히 오랫동안 영양소도 먹었다. 무엇보다 아주 어렸을 때부터 했던 운동도 지금도 하고 있다. 아직도 몸이 이렇게 완치가 되지는 않는 상태에서 살고 있지만, 내가 사람들에게 강조하는 것이 있다. 자기 몸에 맞는 건강한 운동 방법, 자기 몸에 맞는 먹거리, 또 자기 몸에 적절한 수면을 강조해 왔다. 한 마디로 지금도 건강한 생활 습관이 가장 중요하다고 강조하고 있다. 어쨌든 이순신 장군님의 건강이 너무 심각해져서 난중일기를 보면 어느 시점부터 15%-20% 정도 '아프다, 잠을 못 자겠다, 식은땀이 난다, 복통이 있다, 두통이 난다' 등 아픈 내용을 계속 기록하고 있다. 장군님이 너무 힘들고 아파서 여종에게 머리를 빗도록 했었다. 그런데 그것을 오해하고 장군님이 머리를 감지 않았기에 그렇게 했다고 인터넷에 글을 올린 것을 보고 어이가 없었다.

오해 2-마른 얼굴은 후덕하지 않다

또 하나의 오해는 장군님의 얼굴이 후덕하게 생기지 않았다고 기록하고 있다. 이것도 이순신 장군을 잘못 이해한 것이다. 얼굴이 후덕하게 생기지 않았다고 단정한 이유는 장군님의 얼굴이 마른 편이었기 때문이라는 것이다. 나는 마른 얼굴은 후덕하지 못한 것인지 잘 모르겠다. 그런데 장군께서 왜 얼굴이 마른 편이었는지도 잘 이해해야만 된다.

진실: 장군님 얼굴이 마른 이유는 아주 간단했다. 장군님 몸이 너

무도 안 좋았기에 살이 찔 수가 없었다. 남자의 경우 가장 먼저 살이 빠지는 곳이 얼굴이다. 오늘날 병명으로 보자면 당뇨가 있었는지도 모른다. 혹은 폐질환이 있었는지도 모른다. 어쨌든 장군님 몸은 여러 질병과 싸워야만 했기에 많은 에너지가 필요했다. 여러 질병 때문에 에너지를 너무도 많이 소모했기 때문에 살이 찔 수가 없었다. 무엇보다 충분한 수면도 취할 수 없었기에 살이 찌는 것은 불가능했다.

  나는 장군님처럼 살이 찌지 않는 사람들을 많이 만났다. 사실 나도 지금은 마른 편이다. 내가 만나는 사람 중에 살이 찌지 않는 사람들 대부분은 건강 때문이다. 체질적으로 마른 편도 있지만, 대부분 질병 때문에 살이 찌지 않는다. 내가 수년 동안 질병으로 고통당하는 사람들을 만나면서 장군님을 더욱 이해하게 되었다. 비만의 질병이 아닌 다른 여러 질병과 싸우는 몸은 살이 찔 수 없다. 무엇보다 안타까운 사실은 질병의 크기와 웃음의 횟수는 정 반비례함을 알았다.

  오해 3 : 고지식하여 웃음이 없었다

  장군님은 웃음이 적었다. 거의 웃지도 않으셨는지도 모른다. 그래서 장군님이 고지식했다고 이야기한다.

  진실 : 그런데 몸이 아픈 사람이 웃고 산다는 건 쉬운 일이 아니다. 나는 몸이 아픈 수많은 사람들을 만나면서 그들에게 있는 공통된 점이 웃음이 적음을 알았다. 사실 나도 하루 동안 거의 웃지 않는다. 몸도 아프지만 맘이 너무 아프니 웃음이 나오지 않는다. 나는

장군님을 어느 정도 이해한다. 장군님의 몸이 몹시 아팠지만, 맘은 훨씬 더 아팠기에 그 정도 살아계신 것 자체도 기적이었다. 참으로 안쓰럽다. 사실 난중일기 처음부터 끝날 때까지 장군님 맘이 얼마나 아픈지를 일기 내용에서 간파하는 사람은 많지 않다. 사실 장군님은 몸이 아프지 않았다고 해도 맘이 너무 아파서 웃을 수 없었다. 1592년 난중일기 시작부터 장군님의 맘이 너무나 아팠음을 보게 된다. 무엇보다 장군님 맘을 아프게 했던 것은 마땅히 해야 할 일들을 하지 않고 있는 사람들 때문이었다. 일기의 첫 부분만 보아도 이 사실을 잘 알 수 있다.

1월 16일 (정축) 맑다. [양력 2월 28일]
동헌에 나가 공무를 봤다.
각 고을의 벼슬아치와 색리(고을의 아전) 등이 인사하러 왔다. 방답의 병선을 맡은 군관들과 색리들이 그들 병선을 수리하지 않았기 때문에 곤장을 쳤다. 우후(지방 병마사영이나 수영에 첨사아래에 있는 무관)·가수(假守: 임시 직원)도 역시 점검하지 않아 이 지경에까지 된 것이니 해괴하기 짝이 없다. 공무를 어줍짢게 여기고, 제 몸만 살찌러 들며 이와 같이 돌보지 않으니, 앞날의 일을 알만하다.
성밑에 사는 박몽세(朴夢世)는 석수인데 선생원 돌 뜨는 곳에 가서 해를 끼치고 이웃집 개에게 까지 피해를 입혔으므로, 곤장 여든 대를 쳤다.

오해 4 : 너무 엄격했다
난중일기를 보면 장군께서 참수형까지도 하도록 명령하셨다. 그런데 어떤 사람들은 이것을 가지고 너무 엄격했다고 평가한다. 장군께서 너무 고지식하고 너무 냉철하다는 것이다. 많은 사람이 알고 있는 참수형은 탈영자들에게 집행되었는데, 이렇게 기록되어 있다.

'1592년 4월 29일, 두 명의 도망간 수졸을 체포, 당장 효수했다.
5월 3일, 집에 숨어 있는 수군 황옥천을 목 베어 매달았다.
1593년 1월 3일, 도망자를 잡지 않은 김호걸 등을 처형했다.
1594년 1월 6일, 남평의 도망병을 처형했다.
1월 8일, 남원의 도망병을 처형했다.
7월 4일, 도망병 한 명을 처형했다.
7월 26일, 도망병 여럿을 잡아 그중 주모자 세 명을 처형했다.
8월 26일, 군사 서른 명을 제 배에 싣고 도망친 막동을 효수했다.
1595년 11월 16일 도망가려던 투항 왜병의 주모자 둘을 죽였다.

진실 : 그런데 장군께서는 참수형을 집행하는 원칙을 갖고 있었다. 그 **원칙은 공공질서와 공공유익 유지**였다. 이 원칙을 가지고 형을 집행하셨는데, 이 원칙대로 형을 집행한 후에 장군의 심정을 일기 속에서는 상세히 묘사하지는 않는다. 그러나 소설 <이순신 보물>에서는 아주 자세히 묘사한다. 그런 형벌을 내린 다음에는 장군께서 얼마나 괴로워하셨는지 모른다. 기강을 바로 세우기 위해서 참수형을 집행했지만, 그렇게 죽임을 당했던 사람들과 관련된 가까운 혈육들의 슬픔을 생각하는 장군께서는 결코 웃고 살 수 없었다.**소설은 장군께서 웃지 않았던 가장 큰 이유가 그렇게 참수형을 당했던 사람들의 혈육들을 생각하며 사셨기 때문이라고 밝힌다.**

장군께서 웃지 않으신 이유는 참수형을 당했던 사람들 때문만 아니었다. 그때 나라의 상태를 객관적으로 진단하셨던 장군님은 웃음을 보이며 살 수가 없었다. 난중일기에 자주 언급된 내용이 바로 장군님의 나라 걱정이다. 특히 원균과 같은 자가 지도자라는 점이 정말 큰 걱정이다. 난중일기 여러 곳에 원균을 욕하는 내용이 적나라하게 묘사되어 있다. 무엇보다 마음이 힘들었던 것은, 한마디로 나라를 위해서 마음을 터놓고 함께 이야기할 사람이 없다는 점이었다. 사실 이것이 가장 힘들었다. 장군님 마음속에 있는 나라와 관련된 모든 걱정거리를 나눌 수 있는 친구가 너무도 적다는 사실이 가장 슬픈 것이다. 내가 이렇게 말하면 '난중일기의 어느 날에 기록되어 있습니까?'라고 질문하는 사람들이 있는데, 그냥 난중일기를 처음부터 끝까지 한 번 정도만이라도 읽어보면 될 것인데 읽지 않는다.

나는 난중일기를 몇 번 읽으면서 여기 이런 부분이라도 정확히 이해한다면 이순신 장군님에 대하여 그런 잘못된 평가를 쓰지는 않았으리라 생각했던 적이 많다. 나는 우리 손자가 난중일기를 처음부터 끝까지 단 한 번이라도 곱씹으며 읽기를 바란다.

오해 5 : 명량해전 승리 역시 장군님의 탁월한 전술 때문이다

수많은 사람이 명량해전의 승리가 장군님의 탁월한 전술 때문이라고 강조한다. **이것이 가장 큰 오해다.** 이런 오해는 명량해전 승리를 장군께서는 **천행(天幸)**이라고 기록하고 있는데도, 그 천행이 무엇을 의미한지 모르기 때문에 나온 것이다.

진실 : 명량해전의 승리는 신인의 선물 즉 천행(天幸)이었다.

특별히 내가 <이순신보물>에서 가장 강조했던 **신인의 나타남**을 바르게 이해하는 것은 정말 중요하다. 신인께서 장군님에게 **이렇게 또 이렇게 싸우면 반드시 이기리라**고 말씀하신 것을 정확히 이해했다면 아마 한국의 역사가 달라졌을 것이다. 특별히 기독교가 굉장히 좋은 영향력을 지금도 발휘하고 있을 것이다. 장군님의 삶에 개입하셨던 그 신인에 관한 많은 연구가 있었다면 한민족은 지금 정말 뛰어나게 세계 여러 나라를 유익하게 도우며 살고 있을 것이다.

무엇보다도 열선루에 관한 것들이 잘 이해되어야 한다. 열선루는 어떤 곳인가? 열선루가 많은 루(樓) 중에 그냥 하나가 아님을 알아야 한다. **열선루는 단순히 많은 루 중에 하나가 아니다. 그곳은 장군께서 신인의 도움을 간구하셨던 장소다. 열선루에서 장군님께서 사생결단을 하셨는데, 사생결단은 기도 중 최후 최고의 기도다.**

진실: 명량해전 승리는 열선루에서 기도한 것의 응답이다.

명량해전의 승리는 열선루와 연결해서만 이해되어야 한다. 열선루에서 이순신 장군께서 마음속에 간절히 원했던 것이 신인에게 응답받았다. 열선루에서 죽을 각오를 했던 장군님의 마음을 신인께서 보셨다. **장군님의 사생결단 각오를 보신 시인께서는 한 달 후에 꿈에서 명량해전 승리의 방법을 말씀해 주신 것이다.**

그리고 소설 <이순신 보물>은 열선루에서 장군께서 간절히 기도하시던 그 시간에 부인을 생각했다고 기록하고 있다. 난중일기에는 그런 내용이 나오지 않지만, 소설 <이순신 보물>에는 장군께서 부인을 생각했던 내용이 자세히 묘사되어 있다. 그 내용을 내가 언젠가는 자세히 소개할 때가 올 것이다. 한마디로 장군께서는 열선루에서 이 생각을 하셨다.

'이곳이 사랑하는 부인이 어린 시절부터 놀았던 장소, 꿈을 꾸었던 장소, 석양을 바라보면서 기도했던 장소인데, 내가 여기에서 오늘 이렇게 기도하고 있구나. 어젯밤에도 잠을 설치며 기도했는데 오늘 밤에도 잠을 설치며 기도하고 있구나. 여기서 기도했던 아내가 나를 여기로 오도록 만들었구나. 내 아내가 아니었다면 나는 지금 여기서 이렇게 기도하고 있지도 않겠지. 아내를 만나지 않았다면 나는 지금 어느 곳에선가 편히 잠을 자고 있을까. 아니면 이미 세상을 떠났을까.

아내의 향기가 여기 구석구석에 남아 있겠지. 여기에 남아 있던 아내의 향기가 내 가슴으로 지금도 들어오고 있겠지. 그리고 아내의 향기는 내 간절한 소원이 무엇인지를 잘 알고 있겠지. 내 간절한 소원이 이루어지도록 아내의 향기도 내 마음과 함께 기도하고 있겠지. 내가 아내를 만난 것이 무엇 때문이었을까? 21살에 내가 이곳으로 장가를 들었는데, 이곳이 바로 내 아내가 꽃 가마를 타고 지났던 곳인데. 나도 이곳을 지나갔었는데. 신혼 때 여기서 내가 아내에게 영원한 사랑을 고백했던 곳인데. 내 고백을 듣던 아내의 행복한 미소를 조금 전에 보았던 것 같구나. 무엇보다 최고 고혹적인 아내의 눈을 바라보며 영원한 사랑을 고백했던 이 장소가 지금은 기도하는 장소가 되었으니. 왜 나는 지금 여기서 이렇게 있게 되었을까?

열선루는 신선들만 열을 지어서 있는 곳이라는데, 신선들의 무리에 나도 끼어 있구나. 나도 신선이 되었구나. 지금 이곳이 바로 신선들의 통치자인 그 신이 있는 곳이라고 한다면, 그 신은 나의 마음을 다 보고 계시겠지. 아! 나의 시름은 점점 깊어져 가고 점점 더 많아지는데 나는 어떻게 이 문제를 해결해야 할까? 저 많은 왜적을 어떻게 물리칠 수 있을까?'

장군님은 바로 이런 마음으로 즉 '**시름**' 가운데서 열선루에서 <한

산도가>를 지으셨다. 어디서 외치는 소리, 하나의 외침이 장군님의 시름을 증가 시켜주고 있다고 쓰셨던 거다. 시름이 무엇인지에 관해서는 내가 이순신 눈물이라는 책에서 이미 자세히 기록해 놓았다.

잠들지 못한 밤에 장군께서는 열선루에서 간절히 기도했다. 조상에게 기도했든, 신에게 기도했든, 그 대상이 누구이며 무엇이었든 간에 장군님께서는 자신을 도와달라고 간절히 기도했다고 생각한 사람들이 있을 것이다. 그러나 열선루는 그런 장소가 아니다. 신선들이 열을 지어서 있는 곳이란 의미에서 신선들은 작은 신들 즉 서양식으로 말하면 천사들이다. 신선들이 열을 지어서 있는 그곳에는 그냥 신선들만 있지 않다. 모든 신선보다 뛰어난 한 분이 있다. 열을 지어서 있다는 말은 질서의 용어다. 뛰어난 한 분 앞에 열을 지어서 있는 신선들은 그분을 높이기 위함이다. 열선루에서 시름이 더해지는 가운데 간절히 기도하셨던 장군의 기도를 들으신 분은 그 열선루에서 신선들이 열을 지어서 우러러보았던 그분이시다. 바로 나중에 알게 되었던 신인이시다. 그래서 한 달 후에 신인이 꿈에서 말씀하셨다. 꿈에서 말씀하신 분은 조상이 아니고 어떤 신령도 아니고 그렇다고 그냥 신도 아니었다. 신이면서 동시에 사람인 분 바로 신인이셨다. 신과 사람이 하나의 존재는 인류 역사를 통해서 오직 한 분이시다. 사람이 되신 그 신이시다.

명량해전 승리는 신인께서 장군의 기도에 응답하신 것이다.
그런데 신인이 꿈에 나타나셨다는 것을 어떻게 이해해야 할까? 왜 환상 가운데 나타나지 아니하시고 꿈에 나타나셨을까? 그것은 장군께서는 꿈에서 문제 해결을 많이 받았기 때문이다. 우리는 사람마다 가지고 있는 문제가 해결되는 방식이 다르다는 점을 이해해야만 된다. 그 문제 해결의 방식을 찾는 방법조차도 다르다는 점을 이해해야만 된다. 어떤 사람은 책 속에서 그 문제 해결의 방식을 찾는다. 그리고 책을 읽는 방법도 독특할 수 있다. 어떤 사람은 사람과의 대화 속에서 그 문제 해결의 방식을 찾는다. 그리고 대화의 방법도 독특할 수 있다. 그런가 하면 어떤 사람은 기도 속에서 그 문제 해결 방식을 찾는다. 그리고 기도 방식도 독특할 수 있다. 그런데 장군께서는 문제 해결의 방식을 대부분 꿈에서 찾았다. 장군께서는 꿈을 통해서 자신에게 다가오는 미래가 무엇인지를 잘 알게 되었다. 우리는 그 대표적인 꿈이 바로 아들 면이 죽게 될 것을 알려주는 '**통곡**'이라고 써진 편지임을 잘 알고 있다. 만약에 장군께서 자신에게 있는 문제를 해결하는 방법이 꿈에서 주어진다는 것을 확신하지 않았다면 명량해전에서 신인의 말씀대로 싸우지 않았을 것이다. 그랬다면 지금 우리 한민족은 일본 민족으로 흡수되어 있을 것이다. 아니, 일본 민족의 노예로 살고 있을 것이다.

다시 강조하지만, 각 사람의 문제를 해결하는 방법이 다를 수 있다. 각 국가의 문제를 해결하는 방법이 다를 수 있다. 만약에 신인께서 지금까지 어떤 문제를 어떤 방법으로 해결해 오신 것을 알고 있다면, 지금도 신인께서 어떤 문제를 어떤 방법으로 해결하실 것을 확신해야만 한다. 물로 그 문제를 해결하기 위해서 각자가 또는 나라가 최선을 다해서 해야만 할 것이 있다. 그것을 최선으로 다할 때만 신인께서 그 문제를 해결하신다. 내가 이렇게 말하는 것은 가장 먼저 내 자신에게 적용하기 위해서다. 내가 지금 이 내용을 <마침내 발견한 이순신사랑>이란 책으로 출판하려고 한 것은 최선을 다하기 위해서다. 최선을 다하는 사람들에게는 신인께서 반드시 천행(天幸)을 주신다. 이것이 가장 유명한 속담의 뜻이다.

하늘은 스스로 돕는 자들을 돕는다.
(Heaven helps those who help themselves)
이 속담을 가지고 자조론(自助論)을 만들었다.
그러나 이 속담은 자조론을 말하지 않는다.
이 속담은 공조론(共助論)을 말한 것이다.
자신이 자신을 도울 때 하늘이 돕는다는 의미가 아니다.
서로서로 도울 때 하늘도 돕는다는 의미다.
서로서로 돕는다는 것은 서로서로 사랑하는 것이다.

명량해전에서 천행은 장군님 혼자 싸워서 준 것이 아니다.
명량해전에서 천행은 군사들이 함께 싸워서 준 것이다.
장군님의 배 때문에 승리가 온 것이 아니다
장군님의 배와 함께 협력했던 배들 때문에 승리가 온 것이다.
물론 모두가 물러나 있을 때는
반드시 누군가 앞장서지만 한다.
그러나 모두 함께 최선을 다할 때 천행이 주어진다.
가슴에 새겨놓고 살아야 할 말은 이것이다.

신인은
서로서로 돕는 자들에게
서로서로 사랑하는 자들에게
천행을 선물하신다

마침내 발견한 진짜 사랑

제가 손자에게 위의 내용을 강조했던 때는 다음과 같이 전화 통화를 할 때였습니다.
-할아버지, 마침내 발견했어요.
-뭘?
-장군님의 진짜 사랑.
-장군님의 진짜 사랑?
-네.
-그래? 축하한다. 어디서 발견했는데?
-할아버지께서 주신 책에서요.
-아! 그 책에서 드디어 봤구나. 진심으로 축하한다.
-가장 멋진 문장도 발견했어요.
-어떤 건데?
-바로 이것입니다.

**보성읍성 열선루 길은
방태평 꽃가마가 지나던 사랑의 길이었다**

-와! 멋진 문장도 발견했구나. 축하한다.
-그리고 잘 알려진 이 내용도 다시 보며 장군님 부인의 지혜를 곱씹어 보았어요.

연화가 12세 무렵 아산에 살 때다. 화적 떼가 몰려들었다.
"도둑이야!"
외침 소리에 방진은 활을 들고 화살을 찾았다. 그런데 화살이 한 개도 없었다. 화적들이 방진의 계집종을 매수하여 미리 화살을 치워버린 것이다.
"아버님! 화살 여기 있습니다."
이때, 연화가 길쌈할 때 쓰는 대나무로 만든 뱁댕이 묶음을 와르르 소리 나게 대청마루에 쏟았다. 이걸 본 화적 떼들은 걸음아 날 살려라 도망갔다. 연화의 슬기롭고 침착한 행동이 위기를 모면케 한 것이다.

　－네가 이 내용을 보면서 너도 슬기로운 여인을 아내로 삼고 싶다고 생각했단 말이지?
　－에이, 할아버지는 꼭 저렇게 옆길로 가신다니까. 아네요. 저는 이분보다 더 슬기롭고 고혹적인 여인을 만나서 결혼할 거예요. 그런데 좀 의아했어요?
　－뭐가?
　－2016년에 출판했던 책 같은데, 왜 지금까지 장군님의 진짜 사랑이 알려지지 않았을까요?
　－아! 9년이 지나고 있는데도 아직도 책에 기록된 열선루와 관련된 영원한 사랑 내용은 인터넷에서도 찾아볼 수 없다는 말이구나.
　－네, 이해가 전혀 되지 않아요.
　－네가 이해가 전혀 되지 않는다고 말하는 것을 할아버지는 충분히 이해한다. 사실 전에 나도 이해가 안 되었으니까. 그런데 지

금은 충분히 이해한다.

―왜 그랬는지 이유를 말씀해 주세요.

―열선루가 무엇인지 잘 알지 못해서지.

―그렇군요. 그리고 두 분이 서로 참으로 소중하게 생각하며 사셨음을 알았어요. 특히 장군님께서 부인을 그렇게 소중하게 여기며 사셨는데도 부인에 대한 장군님 사랑은 왜 전혀 알려지지 않았을까요? 제가 장군님의 사랑을 인터넷에 검색해 봤는데 장군님이 부인을 사랑했던 부분에 관해서는 책 한 권도 없어서 깜짝 놀랐어요. 장군님의 사랑을 여종과 동침했다는 것 그리고 결혼 전에 여인을 사랑했다고 기록한 것만 보았어요. 지금까지 장군님과 부인이 어떻게 사랑을 나눴는지에 대해 주목하지 못한 이유는 과연 무엇일까요?

―그건 사랑이 왜곡되어 있기 때문이다. 장군 시대나 지금이나 진짜 사랑이 무엇인지 모르기 때문이지.

―좀 자세히 설명해 주세요. 사랑이 왜곡되어 있다는 것이 무슨 뜻인지.

저는 손자에게 왜곡된 사랑에 관해서 자세히 설명했습니다. 제 설명을 듣고 난 손자가 이렇게 말했습니다.

―할아버지, 저는 할아버지께서 주신 책을 읽으면서 이런 생각을 했어요. 할아버지께서 <이순신사랑>으로 책을 출판하면 대박 나겠다고요.

―그랬구나. 그런데 할아버지는 이순신 장군님에 관한 내용만 아니라 어떤 내용도 책으로는 당분간 출판하지 않을 생각이다.

―그럼, 언제 출판하실 계획이죠?

―글쎄다. 두 달 동안 9권을 출판했으니 이젠 좀 쉬어줘야겠다.

―사실 할아버지께서 지금 많이 피곤하시리라 생각하고 있어요. 그렇지만 제가 이 책을 읽으면서 장군님의 사랑에 관해서는 지금 당장 책으로 출판하는 것이 매우 좋겠다고 생각했어요. 장군님의 진짜 사랑에 관한 책이 할아버지 모든 책 중에서 최고 호응을 얻을 것 같은 예감이 들어요.

―그랬구나. 그러나 할아버지는 지금 쉬어줘야 한다. 두 달 동안 반나절도 쉬지 않고 컴퓨터 자판을 봐왔더니 눈도 매우 힘들다.

―할아버지께서 꼭 쉬셔야만 한다면 어쩔 수 없죠. 만약 제가 글을 잘 쓸 수 있다면 장군님의 진짜 사랑을 책으로 만들어 사람들에게 전달하고 싶어요. 책이 아니라도 인터넷에 올릴 수 있다면 참 좋겠어요.

―네가 읽었던 내용 그대로를 인터넷에 올려봐라. 글로 쓰기 힘들면 읽은 내용을 사진 찍어 올려도 좋을 것 같다.

―그럴까요? 제가 사진 찍어 보내니, 보신 다음 조언해 주세요.

이렇게 전화 통화를 한 손주는 제게 <이순신과 보성의 인연, 그리고 사랑>이란 책자에 있는 내용을 사진으로 보내주었습니다. 손자가 보내준 사진입니다.

> 방태평은 전쟁의 이별 앞에 사랑의 편지를 순신에게 보낸다.
>
> "막내아들 면이가 더위에 아프군요(1594년 6월 15일).
> 저도 큰 병을 얻어 오늘은 위중하네요(1594년 8월 27일).
> 사흘 동안 아픈 몸이 사경에 이르렀소이다(1594년 8월 30일)."

순신은 참담함에 발을 구르며 사랑의 편지를 보낸다.

"나라일이 이 지경에 이르렀으니, 다른 일은 생각이 미칠 수가 없군요. 당신이 없는 날, 아들 셋과 딸 하나가 어떻게 살아갈꼬! 쓰리고 아프오.(1594년 8월 30일). 이른 아침에 손 씻고 고요히 앉아 당신의 병마를 걱정하며 하늘에 축원하였소. '귀양지 같이 참담한 터에서도 친척을 만난 것 같다(1594년 9월 1일).'는 소리를 들었소. 마음이 천근이 되었는데 조금 나아졌다고 하니 천행이오(1594년 9월 2일). 전쟁의 병화가 당신의 마음까지 삼켜 천식이 더해졌군요 (1595년 5월 16일). 당신 생일에 못가는 마음 두 아들을 보내오. 내내 아이들 뒷모습만을 바라보오(1596년 8월 4일). 이제 당신의 생사도 모르니 어찌 된 것이오. 큰아이를 그려 보내오(1597년 10월 1일)."

책에는 장군께서 보내신 사랑의 편지라면서 이렇게 기록되어 있지만, 사실 이런 내용은 장군께서 난중일기에 기록한 것이지 편지로 직접 전달한 내용은 아닙니다.

―사진을 보내줘서 고맙다.

AI 개요―이순신 장군님의 부인에 관한 요약입니다.
이순신 장군 부인 상주방씨는 보성 출신으로, 어려서부터 총명하고 효성이 넉넉하여 '덕산'이라고 불렸습니다. 12살 때 집안에 몰려온 화적들을 맞서 싸우는 일화는 이충무공전서에 기록되어 있을 정도입니다. 이순신 장군도 부인의 덕을 칭송했다고 합니다.
상주방씨와 이순신 장군의 결혼: 이순신 장군도 처음에는 문과에 뜻을 두었으나, 방씨 부인과 결혼하여 진로를 바꾸어 무과에 합격하고 장군으로 성장했습니다. 방씨 부인은 이순신 장군에게 무술을 가르쳐주고, 집안을 돌보며 내조의 역할을 했습니다. 이순신 장군이

전사한 후, 방씨 부인은 정경부인의 품계에 이르렀습니다.

　상주방씨의 다른 일화: 이순신 장군과 1565년에 결혼하여 두 아들을 낳고, 이순신 장군의 군 생활 동안 집안을 굳건히 지켰습니다. 노량해전에서 이순신 장군이 전사하자 정경부인으로 봉해졌습니다. 방씨 부인은 80세를 넘게 살며 장군과 관련된 여러 일들을 기록하고, 민간에 전해지는 이순신 장군의 이야기를 수집하여 후세에 전했습니다.

　부인의 이름에 관한 여러 이야기가 있습니다. '수진' '연화' '덕산'이란 이름이 있고 세상을 태평하게 한다는 의미인 '태평'도 있습니다. 저는 '연화'란 이름이 백제 근초고왕 애인과 같고 똑 기생의 딸 이름과 같아서 신기하게 생각했습니다.

　두 아들을 낳고-이것은 3명의 아들과 1명의 딸로 수정되어야 합니다.

　-장군님을 부러워하는 남자들이 많습니다. 처가 집도 물려받고, 아내에게 무술도 배우고, 아무 일도 안 하고 11년 동안 과거만 준비할 수 있었고, 전쟁터에 있어도 모든 것을 부인이 손수 잘 처리하였으니, 저도 장군님이 참 부럽습니다.

　잘 아는 분이 제게 이렇게 말했을 때, 제가 대답했습니다.

　-소설 <이순신 보물>에서 장군님은 이렇게 말씀하셨습니다.

　"처가 덕분에 출세한 것이 아니라 내가 정한 목표가 있었기 때문에 출세한 거다. 나는 김빈길 장군님처럼 내가 있는 그곳이 이전보다 안전하고, 그곳에서 함께 사는 사람들이 이전보다 행복하도록 살도록 해 주고 싶었다. 그래서 11년을 하루처럼 보냈다. 아무것도 이룬 것 없이 처가살이 11년을 해 본 사람만이 내 심정을 알 것이다. 사실 내가 가장 부러워하는 사람은 처가를 살린 자다."

부치지 못한 사랑의 편지

난중일기에는 부치지 못한 사랑의 편지가 많이 있다

 제가 손주에게 강조한 문장입니다. 이 문장을 말하기 전에 손주에게 보내준 사진에 기록된 내용을 난중일기 전체 맥락에서 찾아보라고 문자를 보냈습니다.
 −보내준 사진에 기록된 내용은 사실은 편지가 아니었다. 그 내용은 난중일기 안에 기록되어 남긴 것이다. 기록된 내용을 나중에 부인이 보았는지는 모른다. 아무튼, 내용 하나하나를 난중일기 전체 맥락에서 정확하게 볼 수 있기를 바란다. 아마 우리 손자가 아주 중요한 새로운 내용을 발견하게 될 것 같다.
 −네, 할아버지 말씀대로 1594년 8월 30일의 난중일기부터 자세히 살펴보겠습니다.

 8월 그믐날 (을해) [양력 10월 13일]
 맑고 바람조차 없다. 해남현감 현즙(玄楫)이 와서 봤다.
 저녁나절에 우수사(이억기) 및 장흥부사(황세득)가 와서 봤다.
 저물 무렵 충청우후(원유남)・웅천현감(이운룡)・거제현령(안위)・소비포권관(이영남)도 왔다. 허정은도 왔다.
 이날 아침 탐후선이 들어왔는데, 아내의 병이 몹시 위독하다고 했다. 벌써 죽고 사는 것이 결판이 났는지 모르겠다. 나라일이 이

지경에 이르렀으니, 다른 일은 생각이 미칠 수 없다. 그러나 아들 셋・딸 하나가 어떻게 살아갈꼬! 쓰리고 아프구나.

김양간(金良幹)이 서울에서 영의정의 편지와 심충겸(沈忠謙:병조판서)의 편지를 이곳에 가지고 왔다. 분개한 뜻이 많이 적혀 있다고 했다.

원균 수사의 하는 일이 매우 해괴하다. 나더러 머뭇거리며 앞으로 나아가지 않는다고 하니, 천년을 두고서 한탄할 일이다.

곤양군수가 병으로 다시 돌아가는데, 보지 못하고 보냈으니 너무 너무 섭섭하다.

밤 열시쯤부터 마음이 어지러워 잠을 못잤다.

9월 초1일 (병자) 맑다. [양력 10월 14일]
앉았다 누웠다 하면서 잠을 이루지 못하여 촛불을 밝힌 채 이리저리 뒤척였다. 이른 아침에 손씻고 고요히 앉아 아내의 병세를 점쳐보니, 중이 환속하는 것과 같고, 다시 쳤더니, 의심이 기쁨을 얻은 것과 같다는 괘가 나왔다. 아주 좋다. 또 병세가 덜해질지 어떤지를 점쳤더니, 귀양 땅에서 친척을 만난 것과 같다는 괘가 나왔다. 이 역시 오늘 중에 좋은 소식을 들을 조짐이었다.

순무 사서성(1558~1631)의 공문과 장계초고가 들어왔다.

9월 초2일 (정축) 맑다. [양력 10월 15일]
아침에 웅천현감・소비포권관이 와서 같이 아침밥을 먹었다.

저녁나절에 낙안군수가 와서 봤다.

저녁에 탐후선이 들어왔는데, 아내의 병이 좀 나아졌다고 하나, 원기가 몹시 약하다고 하니 염려스럽다.

손주는 3일 간의 난중일기를 자세히 살펴보면서 아주 새로운 내용들을 발견했다고 문자를 보내왔습니다. 저는 궁금해서 손주에게 전화했습니다.

―장군께서는 사경에 이르렀다는 편지를 받은 다음 부인에게 향한 마음을 일기에 써 두었습니다. 장군님의 일기에는 장군께서 자신의 부인을 얼마나 아끼고 있는지를 잘 보여주고 있습니다. 장군님께서 가정을 매우 소중하게 생각하고 사셨음을 일기를 통해서 잘 알 수 있습니다. 장군님은 아버지로서만 아니라 남편으로서도 본이 되신 분이라고 생각합니다.

―우리 손자가 이제 이순신 장군님을 더욱 존경하게 되었구나. 그래, 존경하는 조상이 계심은 큰 복이지.

―저는 할아버지도 존경합니다. 사실 저 개인적으로는 장군님보다 할아버지를 더 존경하고 있어요.

―진짜?

―네.

―할아버지는 장군도 아니고 유명인도 아니고 무일푼인데.

―그러니까 더 존경하는 겁니다. 할아버지께서는 장군도 아니고 유명인도 아니며 무일푼이지만 여전히 변함없이 사시니까요. 특별히 저를 사랑해 주시는 마음만은 변함이 없으시니까요. 제가 태어나기 전부터 지금까지 할아버지께서 저를 어떻게 사랑해 주시는지 저는 다 느끼고 있어요. 제가 엄마 뱃속에 있을 때도 항상 기도해 주셨잖아요. 저는 잘 알아요. 할아버지처럼 저를 변함없이 사랑해 주는 사람은 없어요. 엄마랑 아빠도 저를 사랑해 주시지만, 할아버지 마음만큼은 아님을 느껴요.

―네 엄마 아빠가 들으면 매우 섭섭한 소리를 하는구나.

―아뇨, 할아버지. 엄마 아빠가 제게 해 준 말이에요. 두 분은 할아버지께서 저를 사랑해 주신 것만큼 그렇게 사랑하지는 못한다고 자주 말하서요.

―나는 네게 용돈 한 푼도 못 주는데.

―용돈보다 귀한 것을 항상 주시잖아요. 할아버지께서는 일어나 주무실 때까지 저를 위해 기도하고 계심을 다 알아요. 저를 위해 온종일 기도해 주시는 분은 세상에서 오직 할아버지뿐임을 저는 잘 알고 있어요. 저도 어느 정도는 이 말의 의미를 알아요.

기도한다는 것은 마음을 주는 것이다.

가장 소중한 마음을 주는 기도처럼 고귀한 것은 없다.

사실 할아버지 기도 때문에 제가 지금 이렇게 살고 있는 거예요. 저도 마음이 힘들고 지치면 포기하고 싶을 때가 많았어요. 그런데 저를 위해 기도하시는 할아버지를 느끼기 때문에 포기할 수 없었어요. 할아버지께서 말씀하셨죠. 기도는 마음을 보내는 거라면서요. 할아버지의 마음을 매일 받아 살았기에 오늘 제가 이렇게 살고 있는 거라는 사실 잘 알고 있어요.

―우리 손자가 할아버지를 울리는구나.

―지금 할아버지 우세요? 울지 마세요. 기뻐하세요. 제가 이 정도 살 수 있는 가장 큰 힘은 할아버지 마음을 받았기 때문이니까요. 손주가 할아버지와 이런 대화를 할 수 있으니 기뻐하셔야만 해요.

―그래, 정말 기쁘다.

잠시 침묵이 흘렀습니다. 침묵을 깨는 것은 손자였습니다.

−저는 3일 동안의 일기를 보면서 장군님 마음이 참 아름답다고 생각했습니다. 특히 8월 30일 일기 중에 '**마음이 어지럽다**'라는 글자를 보면서 장군님 마음이 참 아름답다고 생각했습니다. 한자를 풀이한 것이 아주 정확한지는 모르겠지만, 보통 사람만 마음이 어지러울 수 있잖습니까. 저는 보통 사람의 마음이 아름답다고 생각하고 있습니다. 장군님을 고지식한 분으로 생각한 사람이 올린 인터넷 글을 읽었습니다. 저는 고지식하다는 의미가 정확히 무엇인지 인터넷에 검색해 보았습니다. 그랬더니 다음과 같이 보여주었습니다.

AI 개요
"고지식하다"는 말은 융통성이 없고, 완고하며, 앞뒤가 꽉 막힌 사람을 칭하는 순우리말 표현입니다. 즉, 융통성이 없이 규칙과 원칙에 얽매여, 상황에 유연하게 대처하지 못하는 사람을 일컫습니다.
고지식하다의 의미:
융통성 부족: 상황에 맞춰 유연하게 대처하지 못하고, 굳어진 규칙이나 원칙에 매달리는 경향.
앞뒤가 꽉 막힌 사고: 융통성이 없어 사고가 갇혀 있고, 새로운 아이디어나 생각을 받아들이지 못하는 성향.
원칙 지키기: 규칙이나 원칙을 철저히 지키려고 하며, 변칙적인 상황에 대처하는 능력이 부족한 편.
임기응변 부족: 예상치 못한 상황에 대처하는 능력이 부족하고,

즉흥적인 판단을 내리기 힘든 경향.

 그러나 할아버지께서도 말씀해 주셨던 것처럼, 저는 장군님은 결코 고지식한 분이 아니라고 생각합니다. 유명한 정신과 박사님이 고지식한 사람들의 특징은 마음이 어지러워서 잠들지 못한 경우가 거의 없다고 말했습니다. 사실 그 박사님보다 할아버지께서 더욱 잘 아시겠지만, 고지식한 사람들이 잠들지 못한 가장 큰 이유는 마음이 어지러워서가 아니라 자신의 마음이 지나치게 강하기 때문이랍니다. 고지식한 사람들이 잠들지 못한 이유는 자신 생각대로 따라오지 않는 사람이나 되어 지지 않는 여러 일 때문에 마음에 원망이나 심지어 분노가 차 있기 때문이랍니다.
 ─우리 손자가 그런 것까지 알고 있다니 대단하다. 계속 말해봐라.
 ─저는 장군님 마음이 어지럽게 된 이유는 나라 사랑과 사람 사랑 때문이라고 생각합니다. 할아버지께서 더 잘 아시겠지만, 사랑에 사로잡혀 사는 사람의 마음은 사랑하는 대상이 힘들어지면 자신도 모르게 어지럽게 된답니다. 그래서 잠들지 못한다고 합니다. 물론 원균 때문에도 잠들 수 없었다고 생각합니다. 단순히 원균을 미워해서가 아니라, 그런 자가 지도자로 있는 나라가 걱정되기 때문일 것입니다. '천년을 두고서 한탄할 일이다.'는 시적인 표현을 통해서 알 수 있는 점은 장군님께서 원균의 말을 들으신 다음 마음이 매우 상하셨다는 사실입니다. 너무도 어이없는 말을 하는 자가 나라의 장수로 있기에 나라 미래가 심히 걱정되었기 때문일 것

입니다. 저는 장군께서 '**천년을 두고서 한탄할 일이다.**'는 시적 표현을 기록하신 것을 보면서 얼마나 마음이 힘들면 이런 표현을 하셨을까 생각했습니다. 어쩌면 할아버지께서 최근에 있었던 내란 사건을 일으킨 내란의 우두머리를 생각하면서도 이렇게 표현하실 수 있겠다고 생각했습니다. 할아버지께서 1980년부터 지금까지 자정 이전에 단 한 번도 주무신 적 없으시다는 글을 읽었던 것과 연결되었습니다. 사실 '**천년을 두고서 한탄할 일이다.**'는 시적 표현을 곱씹으면서 할아버지를 좀 더 이해하게 되었습니다.

―할아버지를 그렇게 생각하다니 정말 고맙구나.

―또 '**곤양 군수가 병으로 다시 돌아가는데, 보지 못하고 보냈으니 너무너무 섭섭하다.**'라는 표현을 통해서 장군님 마음이 얼마나 따뜻한지를 알 수 있습니다. '너무너무'로 번역한 한자가 무엇인지 아직 읽지 못했지만, 이 단어를 통해서 장군님 마음이 얼마나 따뜻한지 조금은 이해할 수 있었습니다. 이 부분을 읽으면서 장군님 따뜻한 마음이 저를 안아주는 것 같았습니다. 그리고 할아버지께서 최근에 출판하신 <마음을 따뜻하게 만든 사람들>이 생각났습니다.

―우리 손자가 내 책과 연결했다니 대단하다.

―저는 장군님께서 마음이 어지럽다는 점은 그분의 마음이 따뜻하다는 증거라고 생각합니다. 고지식한 사람들의 특징에 관해 이야기해 주었던 정신과 박사님은 마음이 자주 어지럽게 되는 사람들은 그들의 마음이 매우 따뜻하기 때문이라고 말씀했습니다. 사실 장군님은 마음이 매우 강하신 분입니다. 그래서 어떤 불의에도

굴복하지 않으셨습니다. 그렇게 마음이 강하신 분이 쉽게 어지러움을 느끼셨다는 점은 사실 장군님의 마음이 매우 따뜻했다는 증거입니다.

―우리 손자가 매우 논리적이네. 지금 할아버지가 감동하고 있어요.

―매우 강한 마음인데도 주위 사람들과 어떤 일들 때문에 쉽게 어지러움을 타는 이유는 그 마음이 매우 따뜻하기 때문이랍니다. 가장 중요한 점은 그 사람들과 그 일들을 매우 중요하게 여기기 때문에 마음이 어지럽게 된다는 것입니다. 매우 중요하게 여긴다는 말은 매우 사랑하고 있다는 말과 같은 의미랍니다. 특별히 사람을 매우 사랑하기에 그 사람과 관련된 일도 매우 사랑한답니다. 물론 어떤 일을 매우 사랑하기에 그 일과 관련된 사람 또한 매우 사랑할 수도 있답니다. 결국 마음이 매우 강한 사람이 마음이 어지러운 경우는 그 마음이 매우 따뜻하기에 생긴 거랍니다. 그래서 저는 이렇게 생각하게 되었습니다.

사랑하는 마음은 어지럽다=사랑하는 마음은 매우 따뜻하다

―우리 손자가 대단하다. 그렇게 정리할 수 있다니.

―저는 정신과 박사님의 여러 의견에 모두 동의하지는 않지만, 방금 할아버지께 말씀드린 내용은 전적으로 동의하게 되었습니다. 왜냐하면, 장군님의 일기를 보면서 그 박사님의 말씀과 같은 점들이 많았기 때문입니다. 특히 장군님의 부인께서 아프셔서 죽기 직전이라는 소식을 받았으니 그 마음이 어지러울 수밖에 없었겠고 생각했습니다. 저는 이 부분을 곱씹으면서 장군님께서 매우 가정적이었다고 생각했습니다.

이날 아침 탐후선이 들어왔는데, 아내의 병이 몹시 위독하다고 했다. 벌써 죽고 사는 것이 결딴이 났는지 모르겠다. 나라일이 이 지경에 이르렀으니, 다른 일은 생각이 미칠 수 없다. 그러나 아들 셋·딸 하나가 어떻게 살아갈꼬! 쓰리고 아프구나.

장군님께서는 부인께서 이미 죽으셨는지도 모르겠다고 생각하십니다. 부인께서 세상을 떠나실 경우, 4명 자식과 함께 살아갈 것을 생각하니 앞이 캄캄하셨으리라 생각했습니다. 장군께서는 부인의 역할이 매우 크다고 생각하셨습니다. 다시 말하면 장군께서는 부인을 매우 중요하게 생각하셨다는 의미입니다. 심리학 박사님께서는 누군가를 매우 중요하게 생각하는 것은 그 사람을 매우 사랑하고 있는 증거라고 강조했습니다. 저는 부인을 향한 장군님의 마음을 고귀한 사랑에 속한다고 생각했습니다. 어쩌면 신인의 눈으로는 그런 사랑이 '**고혹적**'으로 보일 수 있겠다고 생각했습니다.

－와! 우리 손자가 사랑 박사가 되었군. 이제 드디어 '**고혹적인 사랑**'이 무엇인지도 알게 되었군. 정말 매우 기뻐. 19세인 우리 손자가 할아버지에게 '고혹적인 사랑'도 강의할 수 있다니. 정말 너무너무 기뻐. 사실 할아버지는 40대가 되어서야 고혹적인 사랑이 무엇인지 알게 되었거든. 그런데 우리 손자는 19세에 고혹적인 사랑을 알았다니, 기네스북에 올라갈 기사 감이네. 정말 우리 손자가 19세에 사랑학 박사가 되었으니 잔치해야겠네.

－할아버지께서 그렇게까지 칭찬해 주시니 기분이 매우 좋습니다. 그리고 저는 장군님께서 부인이 그렇게 위중하지만 가서 볼 수도 없는 상황을 매우 가슴 아파하시는 문장을 읽으면서 매우 안

타까웠습니다.

 나라일이 이 지경에 이르렀으니, 다른 일은 생각이 미칠 수 없다.

 전쟁이 얼마나 파괴적인지를 생각하게 만든 글입니다. 전쟁은 사람이 사람답게 살 수 없도록 만든 최악의 주인공이라고 생각합니다. 사경을 헤매고 있는 사랑하는 사람 옆에 있어야 할 분이 전쟁터에 계셔야만 했다는 점을 생각할 때 마음이 시립니다. 사실 지금도 장군님과 같은 환경에서 마음이 어지러워 잠들지 못한 사람들이 셀 수 없이 많음을 생각하니 가슴이 매우 아픕니다. 무엇보다 새벽 2시가 되어도 잠들지 못하고 신음하면서 살아내는 사람들이 제 주위에도 있다는 사실이 가장 안타깝습니다.

 -네 말대로 어떤 사람들은 전쟁터 없는 곳에서 매일 전투하며 살아가고 있지. 그 사람들은 평생 보이지 않는 전쟁터에서 잠들지 못하며 싸우고 있지.

 -지금, 할아버지께서 평생 보이지 않는 전쟁터가 있다고 말씀하시니 할아버지를 더욱 이해하게 됩니다. 할아버지께서 지금도 보이지 않는 전쟁터에 사신다고 생각하게 됩니다. 제가 잠들어 있는 새벽 4시경에 남기신 카톡 문자를 아침에 일어나 읽을 때마다 감사하면서도 마음에서 비가 내리는 것과 연결됩니다. 간밤에도 새벽 4시에 보내셨던 '잘 일어나길 기도하고 잠자리로 간다.'라는 문자가 단순한 안부나 기도문이 아니라 보이지 않는 전쟁터에서 보내는 사랑의 편지임을 이제는 알았습니다. 장군님은 카톡도 없었던 그 시대에 사랑의 편지를 자주 보내지도 못하고 그렇다고 일기

에 모두 기록할 수도 없었을 것입니다. 너무도 사랑하면서도 보낼 수 없는 편지들을 신음하며 마음에만 쓰셨다고 생각하니 가슴이 저립니다.

─우리 손자가 이젠 어른이 다 되었구나. 할아버지는 네게 문자를 보낼 때마다 얼마나 감사한지 모른다. 사랑하는 사람에게 문자만 보낼 수 있음도 말로 표현할 수 없는 복이란다. 세상에는 보내고 싶은 문자조차 보내지도 못하는 사람이 너무도 많단다.

─할아버지 설명을 들으니 장군님 사랑의 마음 역시 보낼 수 없었기에 기록으로라도 남겨둔 것이 난중일기라는 생각이 들어요. 장군님께서 안타까운 마음을 기록하신 부분을 보면서 지금도 사랑하는 마음조차 보낼 수 없는 사람들 심정이 이렇겠다 생각이 들어요. 글을 다시 보면서 아픈 부인을 가서 보지도 못하는 장군님 심정을 조금은 이해할 수 있겠어요. 그래도 배를 타고 온 사람이 부인의 상태를 전달해 주었으니, 소식조차 들을 수 없는 사람들보다는 행복하다는 생각이 들어요.

손자가 말하는 부분입니다.

9월 초2일 (정축) 맑다. [양력 10월 15일]
저녁에 탐후선이 들어왔는데, 아내의 병이 좀 나아졌다고 하나, 원기가 몹시 약하다고 하니 염려스럽다.

─그래도 장군님은 행복하셨다고 생각한다. 전쟁 중에 생이별을 당하고 서로 아무런 소식도 듣지 못하며 신음조차 못하는 가운데 있다가 생을 마감했던 사람이 얼마나 많았을까 생각하면 가슴이 미어진다. 그래서 장군님은 정말 행복하셨다고 생각한 거지. 사랑

하는 사람을 염려하는 마음을 기록할 수 있는 환경에서 사셨으니 말이지. 사랑하는 편지를 일기로 남겼으니 말이지. 나는 애타는 마음을 기록할 수 있음도 복임을 잘 알고 있다. 수많은 사람이 사랑의 마음을 단 한 줄도 기록하지 못하고 떠났던 전쟁터에서 매일 사랑하는 사람을 위해 기도할 수 있고 사랑의 마음을 기록할 수 있음은 정말 큰 복이지.

―할아버지께서 그렇게 말씀하시니까 정말 새롭게 들립니다. 저는 그렇게까지 큰 복이라고 생각해 본 적은 없었거든요.

―나는 새벽마다 네게 문자를 남기면서 신인에게 진심으로 감사드리며 살고 있다. 사랑하는 사람에게 사랑하는 마음을 문자로 보낼 수 있는 것은 정말 무엇으로도 표현할 수 없는 그리고 무엇과도 바꿀 수 없는 큰 복이라고 생각한다. 사랑하는 그 사람이 아침에 일어나 그 문자를 본다는 점을 생각하면서 잠들 수 있음은 얼마나 큰 복인지 모른다. 나는 새벽마다 우리 손자에게 문자를 보내면서 난중일기에 사랑의 마음을 기록하신 장군님 심정을 헤아리지. 그리고 밧모섬에서 계시록을 썼던 그분 마음을 생각해 본다.

―아침에 일어나 제가 자는 동안 할아버지께서 보내주신 여러 문자를 보는 순간 참으로 감사하고 행복감이 가득해요. 매 순간 할아버지께서 보내주신 사랑의 문자가 제게는 얼마나 큰 힘이 되는지 몰라요. 진심으로 고맙습니다

저는 손자의 말을 들으면서 얼마나 행복했는지 모릅니다. 세상에 그래도 제가 언제든지 사랑하는 마음을 전할 수 있는 손자가 있음은 제게 너무나도 큰 복이라고 생각했습니다.

점치는 사랑

―그런데 할아버지는 점을 치신 적 있으세요?

감격하고 있던 제게 손자가 말했습니다.

―점? 점을 친 적 없는데. 그런데 왜 점치는 것을 물어보지?

―저는 장군님께서 점쟁이였다는 글을 읽어본 적 없었는데, 이번에 난중일기를 읽으면서 장군님께서 점을 치셨음을 알았어요. 그리고 장군께서 점을 치신 경우가 사랑 때문임을 알았어요. 그 사랑도 보통 사랑이 아니라 지극한 사랑, 할아버지께서 쓰신 소설 제목처럼 **고혹적인 사랑** 때문임을 알았어요.

―아! 9월 1일의 일기를 말하는구나.

―맞아요. 장군께서는 간밤에도 쉽게 잠들지 못했죠.

'앉았다 누웠다 하면서 잠을 이루지 못하여 촛불을 밝힌 채 이리저리 뒤척였다.'

그런데 늦게 주무셨으면 늦게 일어나셔야 하는 것이 아주 당연한데, 빨리 일어나셨다는 점은 그만큼 부인을 사랑하셨다는 증거죠.

―우리 손자가 글 속에 숨어 있는 것까지도 보기 시작했구나. 대단하다.

―그리고 일어나자마자 부인을 위해서 제일 먼저 점을 치셨어요.

저는 장군께서 부인을 염려해서 제시간에 잠들지 못하고 늦게 잠드셨을 뿐만 아니라, 일찍 일어나자마자 부인의 병세를 놓고 연속해서 세 번이나 점을 치셨다는 글을 읽으면서 부인을 얼마나 사랑하셨으면 이렇게 하셨을까 생각이 들었어요. 한 번도 아니고 연속 세 번이나 점치셨다는 점은 부인에 대한 사랑이 매우 깊다는 증거라고 생각했어요. 사실 세 번은 완전함을 의미한 횟수라고 흔히 생각하는데, 세 번의 점은 부인을 향한 장군님 사랑의 완전함을 상징한다고 생각했어요.

-내가 생각조차 하지 못한 것도 우리 손자가 생각했구나. 그렇다면 장군께서는 세 번만 아니라 그 이상도 점을 칠 수도 있었지만, 세 번이라고 기록하신 것은 그 수가 완전 수이기 때문이란 의미인가?

-그렇게까지는 생각하지 않지만, 어쨌든 세 번의 점은 장군님께서 부인을 매우 사랑하셨음을 증명한다고 생각해요. 그리고 중요한 점은 세 번 모두 점괘가 좋게 나왔다고 기록하고 있어요. 구체적으로 어떤 것으로 점을 쳤는지 또 어떻게 나온 점괘인지는 모르지만, 장군께서 부인을 위해서 세 번이나 점을 치셨다는 사실 또한 **고혹적인 사랑**을 가장 잘 보여준다고 생각하고 있어요.

'이른 아침에 손 씻고 고요히 앉아 아내의 병세를 점쳐보니, 중이 환속하는 것과 같고, 다시 쳤더니, 의심이 기쁨을 얻은 것과 같다는 괘가 나왔다. 아주 좋다. 또 병세가 덜해질지 어떤지를 점쳤더니, 귀양 땅에서 친척을 만난 것과 같다는 괘가 나왔다. 이 역시 오늘 중에 좋은 소식을 들을 조짐이었다.'

―우리 손자가 아주 중요한 부분을 보았구나. 보통 이 부분을 읽어도 그냥 지나치고 마는데. 사실 나도 이 부분을 읽으면서 장군님께서 부인을 참으로 소중하게 여기셨다고 생각했다. 네가 말한 것처럼, 할아버지 역시 이 부분의 기록이 **고혹적인 사랑**이 무엇인지를 가장 잘 보여준 부분이라고 생각했다.

―그런데 지금도 정말 궁금해요. 장군님께서는 무엇을 가지고 점을 치셨을까요? 세 번이나 연속해서 점을 치셨다는 점은 점치는 것이 그렇게 어렵지만은 않았다는 것 같은데요. 혹시 할아버지께서는 아시나요? 소설 <이순신보물>에 장군님께서 무엇으로 점을 치셨는지 기록해 놓았나요?

―소설에는 기록되어 있지 않다. 그런데 난중일기 다른 곳을 보면 무엇으로 점을 쳤는지 기록되어 있다.

―다른 곳에서요? 어디인가요?

―내가 지금 그곳을 당장 말해 주는 것보다 네가 난중일기 전체를 처음부터 끝까지 정독하면 좋겠다. 그러면 자연스럽게 발견하게 될 것이다.

―할아버지와 통화가 끝나면 앞에서부터 다 읽어볼까 합니다. 그런데 지금 매우 궁금해요.

―그래, 알았다. 사실 장군님께서 무엇으로 점을 치셨는지 매우 궁금할 것이다. 전에는 난중일기를 처음부터 자세히 읽어야만 점치는 도구를 발견할 수 있었지만, 지금은 난중일기를 자세히 읽지 않더라도 알 수 있지. 인터넷에 검색하면 점치는 도구와 그 횟수까지 보여주고 있으니까. 며칠 전에 인터넷을 검색해 살펴보니 다

음과 같이 정리되어 있었다.

AI 개요

이순신 장군은 난중일기에 기록된 바에 따르면 "척자점(척자윷)"이라는 방법을 사용하여 점을 쳤습니다. 척자점은 숫자를 던져서 치는 점으로, 도, 개, 걸, 윷, 모의 결과에 따라 점괘를 해석하는 방식입니다.

이순신 장군의 척자점 상세:

점치는 방법: 윷 주사위를 던져서 나온 결과를 1(도), 2(개), 3(걸), 4(윷), 5(모)로 환원하여 점괘를 점쳤습니다.

기록: 이순신 장군은 점을 칠 때마다 점괘의 내용과 그에 대한 해석을 난중일기에 기록했습니다.

참고 자료: YouTube에 따르면 이순신 장군이 직접 쓴 난중일기에서 "척자점 쳤고, 점괘가 이러이러하다"와 같은 기록이 남아 있습니다.

추정: 이순신 장군의 척자점 점괘 기록은 14조가 남아 있지만, 점의 휴(休息)에 대한 언급을 통해 기록보다 더 자주 척자점을 쳤을 가능성도 추정됩니다.

-아! 점치는 도구가 윷이었군요. 명절에 놀이했던 막대처럼 생긴 윷이라고 생각하면 되겠네요. 그런데 어떻게 나오면 그것을 어떻게 해석하는지 궁금하네요. 아무튼, 장군께서 점을 치실 때의 심정을 조금은 이해할 것 같아요. 너무나 답답하니까 점을 치셨을 거예요. 너무나 답답한 심정이 되는 것은 사실 너무나 사랑하기 때문이라고 생각해요. 부인을 사랑하기에 점을 치고 나라를 사랑하기에 점을 쳤다고 생각하니까 장군님께 더욱 연민이 정이 생겼어요. 얼마나 사랑하면 점까지 치셨을까 하고요.

그런데 할아버지, 점치는 것은 사실 좀 이상하게 생각할 수도 있겠어요. 흔히 미신이라고 말하잖아요. 미신에 빠지면 안 된다고 하잖아요. **정부 지도자들이 미신에 빠져서 내란 행위를 했다**고 하잖아요. 장군께서도 점치신 것을 가지고 미신에 빠져 사셨다고 말할 수도 있겠다는 생각이 갑자기 들어요. 할아버지께서는 어떻게 생각하시는지요?

ㅡ그렇게 생각할 수도 있을 거다. 그러나 우리는 장군님에 관해 정확히 알지 못하기에 쉽게 그렇게 말하는 것은 사실 매우 위험하다. 일반적으로 점치는 것은 미신의 행위다. 그러나 점치는 모든 것을 미신이라고 단정하는 것은 위험할 수도 있다. 사실 어떤 점은 점치는 사람의 마음을 반영한 것일 수도 있기 때문이다. 무엇보다 중요한 점은 나오는 결과를 가지고 어떻게 해석하느냐는 것은 점을 치며 해석하는 사람의 몫이다.

ㅡ무슨 말씀인지 좀 더 쉽게 설명해 주세요.

ㅡ할아버지는 48장의 동양화 그림을 가지고 홀로 점치는 사람들을 자주 보면서 자랐다. 그런데 결론으로 나오는 그림을 가지고 해석하는 것이 전혀 달랐다. 해석하는 사람들의 해석 원칙이 다르기에 각자 다르게 그림을 해석하는 경우가 많지만, 한 사람이 같은 그림을 가지고도 시간에 따라서 다르게 해석하는 것을 자주 보았다. 그래서 할아버지는 점괘보다 해석이 중요하다고 생각했다. 사실 그날 그 시간 점치는 사람의 마음이 가장 중요했다. 그 점괘를 해석하는 그 마음이 어떤 상태냐에 따라 동일한 그림도 다르게 해석되었다.

−아! 무슨 말씀인지 이해했어요. 지금 할아버지 말씀을 들으면서 할아버지께서 강조하셨던 것이 생각나요.

신약성경의 헬라어를 번역할 때도 그리스 철학의 관점으로 단어를 번역한 것이 심각한 문제이지만, 더 심각한 문제는 신약성경의 본문을 그리스 철학의 관점으로 해석한 것이다. 그래서 313년 이후의 기독교는 그리스 철학의 무덤 속에 갇혀 있다. 그리스 철학은 소크라테스가 전했던 이집트 종교였다. '너 자신을 알라'는 말은 '저 이데아 세계의 영혼만이 진짜 너 자신이다.'란 의미였다. 나중에 소크라테스 제자들에 의해서 그리스 철학은 소크라테스 종교로 정착되었다. 한 마디로 로마의 국교가 된 이후의 기독교는 소크라테스 종교 속에 있다. 그래서 나는 '그리스 철학이란 무덤 속에 누워 있는 기독교'라는 말을 자주 사용해 왔다.

할아버지께서 이렇게 말씀하신 것도 생각납니다.
지금 백문불여일견(百聞不如一見)이라는 말이 있다.
나는 백견불여일해(百見不如一解)라는 말을 만든다.
우리 삶 즉 행동은 이해가 좌우함을 명심해야 한다.

지금 할아버지 말씀을 장군님의 일기와 연결하면서 장군님의 마음을 더 이해하게 됩니다. 장군님께서는 부인의 병이 사라지길 간절히 원하고 있었다고 생각합니다. 그래서 점괘를 좋은 쪽으로 해석하셨다고 생각합니다.

−결국 가장 중요한 것은 사실 해석이란다. 사실 오늘날 남북이 서로 대립한 채 살고, 또 우리 남한조차 이렇게 양분되어 다투고 있는 것도 근본은 해석 때문이란다. 한 마디로 이념이란 해석의

체계란다. 공산주의나 자본주의 모두 경제 해석의 체계지. 그런데 놀라운 점은 이런 경제 해석의 체계가 세상 모든 것을 지배하고 있다는 점이다. 인권과 동족애 등 더 중요한 해석의 원리들이 있지만, 많은 사람이 다른 해석들은 경제 해석의 원리 아래에 있다고 생각한다. 정당들의 대립조차도 이념에 대한 해석의 차이 때문에 생긴 거다. 그러므로 결론은 해석이 가장 중요하다.

-아! 할아버지 말씀을 들으니까 어느 정도 이해가 되는 군요. 그렇다면 장군님께서 중요하게 여기신 꿈도 동일한 원리가 적용될 수 있겠군요.

-역시 우리 손자가 천재라니까. 꿈도 누가 해석하느냐에 따라 다르다. 나는 어린 시절부터 거의 꿈을 꾸지 않지만, 어쩌다 꾼 꿈을 몇 사람에게 이야기하면서 해석이 가장 중요함을 알았다. 특히 나를 안 좋게 여기는 사람들은 나의 꿈도 좋게 해석하지 않는다. 그러나 나를 좋게 여기는 사람들은 나의 꿈을 좋게 해석한다. 특히 자신의 꾸었던 꿈을 자신은 어떻게 해석할 것인지는 최고 중요하다. 왜냐하면, 그 해석대로 살아가는 것이 바로 사람이기 때문이다. 결국 해석하는 그때의 마음이 가장 중요하다는 의미다.

-마음이란 생각의 지속이라는 할아버지의 말씀이 생각나요.

-우리 손자가 할아버지가 강조했던 여러 말을 기억하고 있구나. 고맙다. 그래서 장군께서도 꿈을 꾸시고 해석하실 때 그때의 마음이 해석에 큰 영향을 미쳤을 거다. 네가 난중일기를 읽을 때 꿈에 관해서도 자세히 살피기를 바란다.

-네, 할아버지 말씀대로 꿈도 자세히 살펴보겠어요.

―우리 손자 말대로 사랑하기 때문에 점을 치는 것처럼, 사랑하기 때문에 꿈도 꿀 수 있음을 할아버지 역시 잘 알고 있다. 어떤 관점으로 보면, 사랑하는 사람을 놓고 점을 치는 것은 깨어서 하는 사랑의 고백이고, 사랑하는 사람에 관해서 꿈을 꾸는 것은 자면서 하는 사랑의 고백이라고 말할 수 있을 것이다. 꿈에 어떤 사람이 나타난다는 점은 그 사람을 사랑하든지 미워하든지, 현재 그 사람에 대한 마음의 투영이라고 말할 수 있을 것이다. 사실 꿈은 잠을 자면서 점을 치는 것과 같다고 말할 수도 있지.

―할아버지 말씀을 들으면서 점과 꿈이 잘 정리되었습니다. 할아버지, 정말 고맙습니다. 세상 누구에게서도 들을 수 없는 내용을 이야기해 주셔서 정말 고맙습니다.

―그렇게 고마워하니 내가 정말 기쁘다. 할아버지와 통화한 다음 장군님의 대표적인 꿈도 찾아서 자세히 살펴보길 바란다.

―어떤 것들을 말씀하시죠?

―어머니와 관련된 꿈, 그리고 부인과 자녀들과 관련된 꿈들을 자세히 살펴보아라. 더 시간이 있으면 전쟁과 국가 그리고 다른 사람들과 관련된 꿈들을 살펴보아라.

―네, 그렇게 하겠습니다. 그런데 할아버지께서 제게 처음 보여 주셨던 <이순신눈물> 원고와 출판하신 책은 조금 다르네요. 왜 그 꿈에 관한 부분은 출판하지 않으셨는지 궁금해요.

―나도 잘 모르겠다. 출판하다 보니까 그렇게 되었다. 어쩌면 신인께서 출판하지 않는 내용을 다른 곳에서 출판하도록 하실 계획이었는지도 모른다.

―할아버지, 그 내용만은 반드시 출판하시면 좋겠다고 생각했어요. 그래야 할아버지께서 고향에서 지금 살고 계신 이유를 먼 훗날 후손들도 읽고 알 수 있으리라고 생각해요. 장군님께서 난중일기를 남기신 것처럼 할아버지 꿈 이야기를 책으로 남기는 것이 좋을 것 같아요.

―그렇게 생각하니? 구체적으로 어느 부분을 말하지?

―바로 이 부분입니다.

손자가 보내준 부분입니다. 제가 손자에게 읽게 했던 <이순신눈물> 초고 원고 중에 있었던 글입니다. 지금 글을 보는데 만감이 교차하고 있습니다.

40년 계속된 꿈

2025년 4월 28일 밤 꿈에서 장군님을 만난 것은 천행의 징조일 수도 있습니다. 어쩌면 꿈에서 배이산에서부터 장양 항구까지 가득 차 있는 물이 장군님의 눈물임을 알게 된 것은 사실 기적일지 모릅니다. 명량해전 전날 밤에 신인이 장군님께 말씀하신 그래도 장군님께서는 끝까지 싸우셨기에 대승하게 되었습니다. 지금 가장 힘든 제가 평생 처음 꿈에서 장군님을 만났고 장군께서 제게 말씀하신 내용을 들었습니다. 꿈에서 깨어난 저는 장군님 말씀대로 살아내야만 꿈꾸는 것들이 성취될 것 같다고 생각하고 있습니다. 어쩌면 신인께서 꿈에 장군님을 보내셔서 제게 말씀하셨을지도 모르기 때문입니다. 꿈에서 신인께서는 장군님의 입을 통해서 제게 말씀하신 것이라면 그 말씀대로 반드시 행해야만 한다고 생각하고 있습니다. 꿈에서 들었던 장군님의 말씀은 평생 잊지 못할 것 같습니다.

"너는 네가 보는 이 광경을 사랑하는 사람들에게 전하길 바란다. 네가 보는 이 광경을 사랑하는 사람들이 알게 되고 내가 전해준 말 그대로 행하면 반드시 천행을 보게 되리라."

  잠에서 깨어난 저는 꿈에 보았던 내용을 어떻게 알리는 것이 최고일지 아침부터 지금까지 고심했습니다. 제가 사랑하는 사람들에게 알리려는 내용은 지난 40년 동안 매우 궁금해 여겼던 꿈의 내용과 연결되어 있습니다. 사실 제가 40년 동안 꿈에서 보았던 장면은 하나의 비밀이었습니다. 그런데 그 비밀이 무엇인지 드디어 알게 되었습니다. 제가 지금 무슨 말을 하는지 며칠 전에 써서 신인의 가족으로 사는 우리가 소통하고 있던 카카오톡에 올렸던 제 글을 보시면 이해가 될 것입니다.

  인쇄소에 <이순신 보물> 원고를 보낸 다음 지난 며칠 동안 과거를 되돌아보면서 신인께서 저에게 어떻게 역사해 오셨는지 생각했습니다. 수많은 장면이 떠올랐습니다. 그 많은 장면 중에서도 40년 동안 계속되었던 꿈이 떠올랐습니다. 대학 복학했던 1983년도부터 고향 집에 돌아와 살기 시작했던 2023년까지 자주 보았던 꿈의 장면을 회상하면서 나름대로 이해한 내용이 생겼습니다.

  40년 동안 자주 보았던 꿈의 장면은 고향 집 샘에서 솟아 나온 물이 흘러 내려 고향 집 바로 밑의 논으로부터 벌교 장양 항구까지 가득하게 되는 것이었습니다. 2021년 전에 단 한 번도 가본 적 없는 장양 항구만 아니라 낙안읍성 서북쪽 산 밑에 있는 논까지 물은 가득했습니다. 물이 가득한 모든 논과 강 그리고 바다에는 물고기가 가득했습니다. 우리 고향 집 바로 밑에는 주택 3개가 있지만, 꿈에서는 주택이 없는 논으로만 나왔습니다. 제가 결혼한 다음에도 30년 동안 계속해서 동일한 꿈을 꾸었는데, 동일한 꿈의 내용을 아내에게 자주 말했습니다. 어쩌면 동일한 꿈 이야기를 너무 자주 들었던 아내는 짜증이 났을지도 모릅니다.

40년 동안 또 다른 장면도 위의 장면과 함께 자주 나타났습니다. 배이산 계곡에는 물이 흐르고, 그 흐르는 물에는 물고기들이 가득하게 차 있었고, 그 물고기들은 자유롭게 춤을 추고 있었습니다. 그리고 물고기가 춤추고 있는 계곡 위와 옆에는 아름다운 여러 건물이 연결해서 세워져 있고, 그 건물들 안에는 수많은 사람이 모여 있고, 또 여러 상점에서 여러 가지를 사서 먹고 있었습니다. 무엇보다 몇 건물들은 특별한 모임을 위해서 있었는데, 그 건물들 안에서는 다양한 모임이 있었습니다. 극장 안에 공연하는 사람들도 보였고, 세미나실에서는 문학인들의 모임도 보였고, 집회를 위한 대강당에서는 신인을 찬양하는 수많은 사람도 보였습니다.

그런데 배이산 계곡에서 흐르던 물은 한 곳으로 흘러 들어가 자취를 감추고 말았습니다. 그 물이 계곡에서는 항상 충분히 흘렀지만, 계곡 끝에서는 어느 곳으로 사라졌는지, 꿈에서는 처음 몇 년 동안 볼 수 없었습니다. 그런데 어느 날 꿈에서 그 물이 우리 집 뒤에 있는 밭을 통해서 흘러내려 우리 고향 집 샘으로 스며 들어가는 장면을 보았습니다. 그런데 밭에는 제가 꽃들을 심어 놓았습니다. 그리고 밭을 통과하던 물 중에 일부분이 솟아오르더니 비처럼 내리면서 밭에 있는 모든 꽃이 피도록 했습니다. 그러자 뒷밭은 꽃들로 만발했습니다. 꿈에서는 총천연색으로 아름답게 피어있는 꽃밭을 보면서 너무도 행복했습니다. 그 꿈을 꾼 다음 고향 집 샘물이 그렇게 많이 나올 수 있었던 비밀을 알았습니다. 그 후 이렇게 계속해서 자주 꿈을 꾸었고 꿈에서 깨면 저는 뒷밭을 꽃밭으로 만들어야겠다고 항상 다짐했습니다. 제가 꿈을 꾼 다음 항상 다짐했던 것에 관해서는 누구에게도 말한 적 없지만, 꿈 내용만은 아내에게 자주 이야기했었습니다. 왜냐하면, 40년 동안 계속해서 같은 내용의 꿈을 꾸는 것은 너무도 신기했기 때문입니다.

저는 지난해(2024년) 9월 20일 이후 우리 고향 집 샘물이 장양 항구에까지 가득하게 된 것을 나름대로 해석하게 되었습니다. 제 해석을 들은 사람 중에 또 저를 공격할 사람이 있으리라 생각되어 해석에 관해서는 이곳 아닌 다른 곳에서는 말하지 않기로 했습니다. 지금 제가 그 사람들에게 할 수 있는 말은 우리에게 맡기신 보석들을 이용해서 장양 항구도 세상에 알리겠다는 것입니다. 장양 항구가 얼마나 아름다운지 세상 모든 사람이 관광하고 싶을 정도로 만들어야겠다 생각하고 있습니다. 제가 장양 항구와 관련해서 어떤 꿈을 구체적으로 어떻게 꾸고 있는지 알고 있는 사람들은 저와 신인의 가족으로 살아가고 있는 사람들뿐입니다. 그리고 우리가 가진 꿈이 언제 이루어질지는 신인만 아실 뿐입니다. 우리가 확신하고 있는 것은 그 꿈이 언젠가는 반드시 이루어진다는 점입니다. 왜냐하면, 우리에게 맡기신 보물 중 일부분을 현금화시킨다면 꿈을 쉽게 이룰 수 있기 때문입니다. 그리고 고향 집 뒷밭을 꽃밭으로 만드는 일은 모든 꿈이 성취된 다음 마지막으로 이루어질 것입니다.

―그런데 꿈의 내용을 어떻게 해석하느냐가 중요하지. 너는 할아버지 꿈을 어떻게 해석하지?

―할아버지께서 이미 <이순신눈물>에 해석해 놓으셨고 또 지금 보는 글에서도 있잖아요.

―정확히 한 문장으로 말해 보거라.

―장군님과 관련된 보물들 때문에 우리의 꿈이 이루어지게 된다.
바로 이것이 꿈의 요약이라고 생각합니다. 그리고 이 문장이 배이산 위에서부터 흘러내리는 장군님 눈물이 바로 할아버지 집의 샘물이고 그 샘물이 장양 항구까지 가득하게 되며 그 모든 곳에 춤추는 물고기가 가득한 의미라고 생각합니다.

―역시 우리 손자는 천재야.

―그렇게 칭찬하시니 고맙습니다. 그런데 어쩌면 할아버지께서 40년 동안 계속해서 이렇게 꿈을 꾸신 것은 고향을 너무도 사랑하셨기 때문일지도 모릅니다.

―그럴 수도 있겠지. 고향을 그리워하는 잠재의식 때문에 타향살이 40년 동안 계속해서 같은 꿈을 꿨을지도 모르지. 고향을 그리워하는 것은 고향 사람들을 사랑한다는 의미지. 혈육들이 모두 세상을 떠났다고 할지라도 그분들이 묻힌 땅을 매우 사랑한다는 의미지. 혹시, 지금은 땅이 없어서 전에 고향에서 살았던 혈육 중 누구도 그곳에 묻히지 못했을지라도 혈육들의 숨결은 아직도 그곳에 남아 있을 수 있지. 그 숨결을 사랑한다는 거지. 그분들의 가느다란 숨결조차도 어딘가 남아 있으리라고 생각하기에 고향으로 돌아오는 거지. 특별히 그분들이 살았던 고향의 집과 그분들이 일했던 논밭을 사랑한다는 거지. 지금은 타인들의 것들이 되어 있을지라도 말이지. 결국은 그분들을 사랑하기 때문에 귀향한 거지.

―사랑의 힘이 세긴 세군요.

―힘만이 아니지. 사랑은 참으로 위대하지. 사실 사랑보다 더 위대한 것은 없지. 사랑은 가장 위대하기에 모든 것을 이전보다 아름답게 만들 수 있지. 그래서 가장 숭고한 신의 별명을 사랑이라고 했던 거야.

―아! 무슨 말씀인지 잘 알겠어요.

―장군님을 성웅으로 말하고 있는 것을 우상숭배처럼 생각하고 싫어하는 사람들도 있지. 그러나 성웅(聖雄)이란 말은 신이란 의

미가 아니지. AI는 이렇게 정리해 주고 있지.

AI 개요
"성웅"은 "성인(聖人)"과 "영웅(英雄)"을 합친 말로, 최고의 영웅을 의미합니다. 특히 한국에서는 이순신 장군을 지칭하는 칭호로, 이순신을 빼놓고 성웅이라는 말을 쓰지 않는 경우가 많습니다.
"성웅"의 "성(聖)"은 유교에서 말하는 최고의 이상적인 인간상, 즉 완전무결하고 드높은 사람을 의미하며, "웅(雄)"은 영웅적인 면모를 강조합니다. 따라서 "성웅"은 최고의 영웅, 즉 불세출의 구국의 영웅을 의미하는 말입니다.
한국에서는 이순신 장군을 "성웅 이순신"이라고 부르며, 그의 뛰어난 지략과 리더십, 그리고 23전 23승이라는 놀라운 전과를 높이 평가합니다. 아산톱뉴스에 따르면, 이순신 장군은 수많은 역경과 난관을 겪으면서도 23전 23승이라는 놀라운 전과를 기록하여 구국의 영웅으로 존경받고 있습니다.

이처럼 나라를 구했다는 의미로 거룩한 영웅 혹은 숭고한 영웅이라는 의미지. 그리고 장군께서 23전 전승을 했느냐에 관해서는 의견이 없지만, 실제로는 43전에 참여했고 그 참전한 전투 중 승리하지 못한 것도 있기에 전승했다고 말할 수 없다고 주장하는 이들도 있지. 그러나 장군께서 지휘했던 23전의 싸움에서는 전승하셨다는 거야. 그런데 장군님만 연구했다는 어떤 사람은 60전 정도의 싸움에서 전승했다고 주장하기도 하지. 지금 갑자기 60전이란 단어 때문에 '**정기룡 장군**'이 생각나는구나. 나중에 인터넷에 찾아보아라. 정 장군님이 60전 전승하셨다고 기록되어 있으니까.

―아! 그런 분도 계시군요. 나중에 찾아보겠습니다.

온전한 사랑

AI 개요

이순신 장군의 "**온전한 사랑**"은 나라를 지키는 정의로운 마음과 백성을 향한 깊은 애정, 그리고 가족을 향한 헌신을 의미합니다. 이순신 장군은 임진왜란 당시 나라를 지키기 위해 목숨을 걸었고, 백성을 돕기 위해 최선을 다했습니다. 또한, 가족을 위해 헌신하며 사랑을 실천했습니다.

이순신 장군의 "온전한 사랑"은 다음과 같은 측면에서 살펴볼 수 있습니다.

나라사랑: 이순신 장군은 임진왜란 당시 적과 싸우며 나라를 지키기 위해 목숨을 걸었습니다. 한겨레에 따르면, 이순신 장군은 23전 23승이 아닌 43전 38승 5무의 전적을 기록했습니다. 그는 연전연승을 거두며 나라를 지켰고, 백성들에게 희망을 주었습니다.

백성사랑: 이순신 장군은 백성들의 어려움을 알고 그들을 돕기 위해 노력했습니다. 그는 백성들을 위해 정의를 실천했고, 백성들을 보호하기 위해 싸웠습니다. yisunshinkr.prkorea.com에서 이순신 장군의 굳은 나라사랑은 백성사랑으로 이어진다고 말합니다.

가족사랑: 이순신 장군은 가족을 사랑하고 헌신했습니다. 그는 가족을 위해 노력했고, 가족을 지키기 위해 싸웠습니다. 그의 가족에 대한 사랑은 그의 인품을 더욱 빛내주었습니다.

이순신 장군의 "온전한 사랑"은 그의 삶 전체를 통해 보여졌습니다. 그는 나라를 위해, 백성을 위해, 그리고 가족을 위해 온전한 사랑을 실천했습니다. 해양도시 인문지도에서 이순신 장군의 유언으로 알려진 '전방급 신물언아사'는 그의 죽음을 적에게 알리지 말라는 뜻으로, 나라를 위해 목숨을 바치는 그의 사랑을 보여줍니다.

이 부분을 손자와 함께 보게 된 것은 이런 대화 중이었습니다.
-내가 성웅이란 단어를 설명한 이유는 성(聖)이란 한자 의미를 설명하기 위해서다. 귀와 입이 왕이란 의미지. 잘 듣고 잘 말하는 면에서 최고가 된 사람이 성인이라는 의미지. 최고 잘 듣고 최고 잘 말한다는 것은 자신과 함께 있는 사람을 최고 사랑한다는 의미지. 결국 성인은 자기와 함께 있는 사람들을 최고 사랑하는 사람을 의미하지. 그리고 장군께서는 나라를 구한 영웅이지. 장군께서는 가정을 최고 사랑하려고 노력했고 국가를 최고 사랑하려고 노력했지. 최선을 다해서 사랑해야 할 사람들을 사랑하고 국가를 또한 최고 사랑하며 살았던 거지. 한 마디로 온전한 사랑을 하려고 최선을 다했지. 이런 의미로 성웅이란 칭호를 이해해야만 하지. 우리 손자도 자신이 할 수 있는 최선을 다해서 온전한 사랑을 하고 있다면 성인이라고 말할 수 있지. 국가를 사랑하고 국민을 사랑해서 최선을 다하고 있다면 온전한 사랑을 하는 것이며 그렇게 온전한 사랑을 하고 있다면 성웅이 되고 있다고 말할 수 있지. 온전한 사랑이란 모든 것을 완벽하게 하는 사랑이란 의미가 아니지. 자신이 할 수 있는 최선을 다해서 가정을 사랑하고 이웃을 사랑하고 세상 모든 사람을 사랑하는 거지. 가장 중요한 것은 사실 마음에서부터 온전한 사랑을 실천하는 사람이 되어야겠다는 각오가

있어야 하지. 지금 마음이 커져야만 나중 생활도 커지는 거지. 할아버지는 아직도 이 꿈을 꾸고 있지. **온전한 사랑을 실천하며 사는 것만은 최고가 되고 싶다.**

―할아버지 말씀을 듣고 있으면, 듣고 있는 순간에라도 제가 위대하게 자라나고 있다 생각하게 되네요. 이 순간에도 제가 껑충 성장하고 있다 생각하게 되네요. 저도 할아버지처럼 **온전한 사랑에서만은 1등으로 살아가고 싶어요.** 그리고 저도 할아버지께서 주신 말씀을 제 손주에게 꼭 전해주고 싶어요. 할아버지, **온전한 사랑의 1등으로 살고 싶다**는 꿈을 나눠주셔서 참으로 고맙습니다.

―나도 정말 기쁘다. 우리 손자가 같은 꿈을 가지게 되어서.

―그런데 할아버지, 고흐 화가님과 관련된 부분을 꼭 출판하면 좋겠습니다. 고흐 화가님을 할아버지처럼 이해한 사람은 세상에 없을 겁니다. 저는 할아버지께서 고흐 화가님을 이해하고 정리해 두신 부분이 사람들에게 큰 도움이 될 거라고 확신합니다.

무엇보다 저는 할아버지께서 고흐 작가님처럼 가난하게 사는 것 때문에 들으셨던 말을 생각할 때마다 가슴이 아픕니다. 그러나 할아버지께서는 이제 많은 사람에게 현금도 나누며 사실 것이라고 확신합니다.

―그런 확신을 어떻게 가지게 되었지?

―저는 <이순신보물>의 원고를 읽을 때부터 생각했고 <이순신눈물> 초고를 읽으면서 확신했습니다. 특히 고흐 작가님에 관해 쓰신 내용을 읽으면서 할아버지는 꿈대로 사실 때가 되었다고 확신했습니다. 저는 지금도 <이순신보물> 마지막 페이지를 보면서

이런 말씀을 드립니다.

2010년에 쓴
101가지 꿈의 목록(기도 제목)

48번째 - 사도께서 계시록을 썼던 밧모섬의 그 자리에서 감사하는 것
(2020년까지)

90번째 - 수익의 1%로 우리 가족이 생활하고 99%를 나누며 사는 것
(2025년까지)

생애 가장 힘들었던 2010년에 신음하며 기록하고 그후 지금까지 기도해 왔던 **꿈의 목록 101가지** 중에서 <u>2019년 코로나 이전에 48번째</u>가 이루어졌을 때 **밧모섬**에서 많이 울면서 감사기도 드렸습니다. <u>2025년 올해는 90번째</u>가 이루어질 해인데, 이루어지면 얼마나 많이 울지 모르겠습니다.

이 내용이 손자가 말한 부분입니다. 지금 저는 <이순신눈물> 초고에 써 놓았던 글을 보고 있습니다.

2025년 5월 3일 오후
가족으로 사셨던 남 목사님을 납골당에 모시는 시간
따님이 심하게 울어서 그만 울라고 말하려다가
그냥 계속 울도록 두었습니다.
울 수 있음도 큰 복이기 때문입니다.
언제부터인가 저는 마음은 아무리 슬피 울어도
눈에서는 눈물이 한 방울도 나오지 않게 되었습니다.
눈물이 전혀 나오지 않았던 그 순간부터
눈물을 흘릴 수 있음도 큰 복임을 알았습니다.
이제는 이순신 장군님 마음눈물을 더 잘 이해하고 있습니다.

눈물을 흘릴 수 있음도

눈물이 말랐지만 마음눈물을 흘릴 수 있음도
큰 복이라고 생각하며 살아내고 있습니다.
모든 종류의 눈물은 사랑하고 있음의 증명이기 때문입니다.

오늘은 2025년 5월 9일입니다.

어제 <예수님 대통령 닮고픈 이재명>과 <그 청년은 살아낸다>를 인쇄소에 맡기 다음 이제 당분간 글을 그만 쓰고 쉬려고 했습니다. 어제는 친구 박 목사님이 사준 저녁을 맛있게 먹고 돌아올 때 고향에 있는 요양원에서 사무국장으로 섬기신 분께서 작은엄마의 사진을 카톡으로 보내 주셨습니다. 5월 8일 어버이날이라고 작은엄마께서 꽃바구니를 만드셨던 것입니다. 제게 꽃을 받으셔야 할 분이 꽃바구니를 만드셨다는 문자와 사진을 보면서 펑펑 울고 싶었지만, 눈물이 완전히 말라버려 마음에서만 눈물이 펑 돌았습니다. 1924년생으로 101년을 사신 작은엄마께서 아직도 건강하게 사실 수 있게 하신 신인께 지금도 감사드립니다. 사실 작은엄마는 50대에 수술을 2번이나 받으셨고 비만이 심하셨기에, 그때 동네 사람들은 작은엄마께서 10년 이내에 세상을 떠나게 되리라고 생각했었습니다. 그런데 작은엄마는 100년 동안 고향 동네에서 사셨던 모든 분 중에서 가장 오래 사신 분이 되셨습니다. 사실 그 이전에 우리 고향 동네에서 100세 이상 사셨다는 분이 계셨다는 말을 들어본 적도 없었습니다. 제 작은엄마께서 이렇게 오래 사시는 이유는 금강석과 관련되어 있는데, 나중에 자세히 말씀드리겠습니다. 아무튼, 페북 친구들과 작은엄마 사진을 나누면서도 신인께 진심으로 감사드렸습니다.

숙소로 들어오니 동생 유 대표께서 내일 출고할 물품이 갑자기 생겨 일을 도와달라고 부탁해서 공장에서 02시 반까지 물품 포장을 도운 다음 녹초가 되어 잠에 빠졌습니다. 그런데 5월 9일 오늘 새벽에 꿈에서 이순신 장군께서 호통을 치셨습니다.

"어서 마무리해서 출판하라. 내가 지금도 마음눈물을 흘리고 있는 이유를 널리 알리라. 어서 <이순신눈물>을 완성해서 속히 출판하라. 지금 최선을 다하라. **더 잘 쓰려고 애쓰지 말고 지금까지 쓴 내용을 있는 그대로 어서 정리해서 출판하라.**"

꿈에서 장군께서 <이순신눈물>을 책으로 출판하라 말씀하신 것 때문에 책의 출판은 선택이 아니라 사명이 되어 버렸습니다. 사실 제가 지난 3년 동안 좀처럼 꾸지 않았던 꿈을 요즈음 이렇게 자주 꾸는 이유를 도저히 모르겠습니다.

벌써 20권 이상을 출판했고 또 이렇게 계속 글을 쓸 수 있음을 기뻐해야 하지만, 이전에 쓴 책에서도 밝힌 것처럼 여전히 신음하고 있습니다. 사실 1980년 5월 16일 도청 분수대에서 서약한 그 후 지금까지도 제게 있어서 유일한 선택은 신음하는 것이며, 신음하며 기도하는 것뿐이었습니다.

<삶이 너희를 속일 때는>

삶이 너희를 속일 때는
슬퍼하고 분노하라

너희를 속이는 삶은
너희의 것도 나의 것도
우리 모두의 것도 아닌
우리와는 전혀 다른 타인들의 것이니
결단코 속지 마라.

너희를 속이는 삶은
저 옛 뱀의 것이며 그를 따르는 자들의 것이니
그 삶에 성스럽게 분노하라.

슬퍼하거나 노여워하지 말라.
슬픈 날은 참고 견디라.
*즐거운 날은 오고야 말리니.**

이 말에 절대 속지 말고
성스러운 분노를 표출하라.
말이나 글로써 표출하고
그것들로도 속이는 삶을 쫓아낼 수 없다면
뭉치는 행동으로 표출하라.

* 삶이 그대를 속일지라도 / 알렉산드르 푸시킨

제가 푸시킨 시인의 시를 이처럼 변형시킨 것 때문에 1984년도에 어떤 고문을 당하게 되었는지 <41년>에서 자세히 이야기했습니다. 사실 푸시킨 시인은 '삶'이 당시의 정부라고 암시했습니다. 시인은 정부가 속이고 있을지라도 훗날 좋아질 것이기 때문에 희망을 끝까지 가지라고 외쳤던 것입니다. 그러나 저는 중학교 때부터 푸시킨의 시가 잘못되었다고 생각했습니다. 특별히 시의 2행의 마지막 부분에 '지나가 버린 것 그리움이 되리니'라고 기록된 부분을 보면서 푸시킨의 시를 세상에서 최고라는 사람들을 비웃었습니다.

> 삶이 그대를 속일지라도
> 슬퍼하거나 노여워하지 말라.
> 슬픈 날은 참고 견디라.
> 즐거운 날은 오고야 말리니.
>
> 마음은 미래를 바라느니
> 현재는 한없이 우울한 것
> 모든 것 하염없이 사라지나
> **지나가 버린 것 그리움이 되리니.**

악한 정부 아래서 경험했던 과거는 그리움이 될 수 없음을 잘 알기 때문에 대학 시절 시와 완전히 반대로 썼던 것입니다. 써 놓았던 시 때문에 1984년에는 꿈에서도 생각하기 싫은 끔찍한 고문을 당했고 그 결과 수많은 과거를 잊어버렸습니다. 그래도 이제는 꿈에서는 더 이상 고문당하는 장면이 나오지 않고 살고 있어서 정말 감사드립니다. 아무튼 고문당한 후 망가진 몸 때문에 오늘도 고통스럽게 살아내고 있지만 그래도 감사드리고 있습니다.

누구에게도 말한 적 없지만, 작년에 미국에 있을 때 운전하고 있던 때였습니다. 갑자기 이순신 장군님께서 고문당하신 장면과 함께 고문 현장에서 신음하시는 장군님의 모습이 떠올랐는데, 모진 고문을 당하신 장군님의 모습이 너무너무 처참하게 생각되었습니다. 이전에 단 한 번도 상상되지 않았던 처참한 소습이라 길가에 차를 세우고 눈을 감고 제 마음에 피눈물을 흘리며 신음하며 신인에게 간절히 기도했습니다. 이순신 장군님의 고문당하신 장면을 생각하면서 신음하며 간절히 기도하던 그때, 장군께서 당하신 고초가 과연 어떤 의미인지를 나름대로 정리하게 되었습니다. 그때 장군께서 제 마음에 남기신 말씀은 이랬습니다.

국가의 최고 통치자가 바로 서 있지 못하면, 그 통치자 아래서 국가를 최고 사랑하기 위해 최선을 다하는 사람들은 누구든지 나처럼 고초를 당할 수 있다. 최고 통치자가 바르지 못한 국가에서는 국가를 사랑하는 정도에 비례에서 고통당하는 정도가 비례해서 따라오게 된다. 이 법칙을 너도 어느 정도는 이해할 것이다.

제가 그렇게 처절하게 신음하며 기도했던 때는 몇 번 되지 않았습니다. 그런데 그때는 제 상상이었습니다. 그런데 지금은 꿈에서 장군님의 말씀을 들었습니다. 물론 꿈 역시 제 상상일 수 있습니다. 아무튼, 장군께서 고흐 화가를 언급하신 이유가 있습니다. 제가 50대가 넘어서 들었던 가장 충격적인 말 중 하나가 이것임을 여러 곳에서 말해 왔습니다.

"교수님만은 고흐처럼 되지 않기를 바랍니다."

사실 이 소리를 지인들에게 너무 자주 들었기에 지금은 이와 비슷한 말을 들어도 충격이 전혀 없습니다. 댈러스에서 사신 선배 목사님이 15년 전에 '**이 교수님만은 바흐처럼 되지 않기를 원해.**'라고 말했습니다. 지금도 형님으로 챙겨주신 그 목사님께서 음악의 대가셨던 바흐께서 죽은 다음 더 유명하게 된 것을 상기시켜 주었을 때도 충격이었고, 그 후 고흐처럼 되지 않기를 바란다는 말을 자주 들었을 때도 충격이었지만, 지금은 어떤 말로도 전혀 충격을 받지 않습니다. 아무튼, 10년 전부터 제가 가장 많이 비교되었던 분은 빈센트 반 고흐였습니다. 그래서 저는 고흐 화가에 대해서 자세히 연구하기 시작했던 것입니다. 왜 나를 고흐 화가와 비교하는 사람들이 그리도 많은지 정말 궁금했기 때문입니다.

저는 고흐를 연구하면서 그분의 사랑이 독특했음을 알았습니다. 그래서 6명의 여인을 만났지만, 결혼식도 할 수 없었습니다. 왜냐하면 그분의 독특한 사랑은 그 시대의 관점으로는 도저히 용납될 수 없었기 때문입니다. 어쩌면 지금도 고흐 화가님이 가진 사랑의 관점을 가진 사람은 거의 없기에 만약에 지금도 고흐 화가님처럼 사랑하는 사람을 볼 경우 그의 사랑을 찬동할 사람은 거의 없을 것입니다. **한 마디로 고흐 화가님의 사랑은 신인의 사랑을 철저히 닮은 온전한 사랑**이었습니다. 저는 난중일기를 읽으면서 이순신 장군님 생애에서도 고흐의 사랑과 비슷한 사랑이 있음을 발견했습니다. 특별히 소설 <이순신보물>을 기억하면서 장군님의 사랑과 고흐 화가님의 사랑이 비슷함을 알았습니다. 두 사람 모두 **신인의 온전한 사랑**으로 자신과 긴밀한 사람들을 사랑하려고 최선을 다했음을 알았습니다.

아무튼, 고흐 화가 화가님을 10년 이상 연구하고 있었기 때문인지 작년에는 꿈에서도 화가님을 만났습니다. **제가 이미 말씀드렸지만, 1983년 이후 지금까지 저는 고향 집의 샘에서 물이 솟아나 벌교 방죽이 있는 부사만 즉 여자만까지 가득한 꿈 외에는 좀처럼 새로운 꿈을 꾸지 않았습니다.** 꾼다고 해도 기억하는 꿈은 1년에 2-3번뿐이었습니다. 그런데 작년에 화가님을 꿈에서 만났습니다. 작년에 꿈을 기록해 놓은 것을 방금 찾았습니다. 사실 이 기록이 어디에 있는지 전혀 기억이 없었는데, 방금 너무도 쉽게 찾아서 정말 감사할 뿐입니다.

꿈에 만난 빈센트 반 고흐의 8가지 충고

꿈이었다.
꿈이었지만 너무나 생생했다.
이렇게 생생한 꿈을 꾼 것은 8년 만이었다.

나는 지금 미국 댈러스에 있다.
2024년 7월 27일인 어제 03시에 잠자리에 들어갔다.
꿈에서 나는 귀에 붕대를 감고 침대에 누워있는 한 사람을 보고 있었다. 나는 단번에 그 사람이 고흐임을 알았다. 고흐 화가님은 내게 8가지를 충고했다.
"절대로 내 충고를 잊지 마라."

이 문장을 듣던 순간 어느 곳에선가 총소리가 났다. 총소리를 듣는 순간 잠에서 깨었다. 옆방에서 자고 있던 아들이 문을 닫고 거실로 나오고 있었다. 아들 방 문소리가 방문을 열어놓고 자고 있던 내게는 총소리로 들려왔다. 아마도 고흐 작가님이 권총으로 자살했다는 책의 기록 때문인 것만 같다. 수년 전에 보았던 작가님 마지막을 묘사했던 글은 그 후 몇 년 동안 자주 생각났다. 사실 간밤에도 그 글이 생각났다.

오베르의 밤이 깊어 갔습니다. 새벽 한 시가 막 지났을 때, 고흐는 고개를 조금 돌리고 나직하게 종알거렸습니다.
"테오, 난 지금 죽었으면 좋겠구나."
잠시 후 고흐의 방에서 한 발의 총소리가 울렸습니다. 테오는 형이 영원히 제 곁을 떠난 것을 느꼈습니다.
1890년 7월 29일이었습니다.

어쩌면 잠들기 전에 보았던 글 때문에 꿈을 꾼 것인지 모른다. 아무튼, 지금 다시 글을 생각하면서 전율을 느끼고 있다. 왜냐하면, 지금 고국 시간으로는 7월 29일이 시작되었기 때문이다. 오늘이 134년 전에 고흐 화가님이 세상을 떠나셨던 바로 그날이기 때문이다. 그분이 떠났던 날에 내 꿈에 나타나신 이유는 무엇일까? 나는 한 참 이렇게 생각하다 꿈에서 고흐 화가님이 내게 주셨던 8가지 충고를 기록해 놓기로 했다. 그분이 마지막 문장을 주시기 전에 이렇게 말씀하셨다.

"너만은 절대로 나처럼 되지 말아야 한다. 아니, 너는 절대로 나처럼 되지 않을 것이다. 내가 충고한 8가지를 잊지 않고 앞으로

134일만 살아낼 수만 있다면."

왜 '134일을 살아낼 수만 있다면'이라고 말씀하셨을까? 왜 134일일까?

나는 134일이라는 숫자를 조금 전에도 되새김질하다가, 바로 오늘이 작가님이 세상을 떠난 지 134년이 된 사실과 연결하게 되었다. 그래서 지금 두 숫자가 어떤 관계가 있으리라고 생각하고 있다.

내가 꿈에서 고흐 화가님을 만난 것은 어쩌면 내 잠재의식 때문일지 모른다. 사실, 지난밤 03시에 잠자리로 들기 직전에도 너무너무 힘든 나는 '고흐 화가님처럼 자살할 수만 있다면 얼마나 좋을까.' 생각했었다. 나는 잠자리에 들어가는 순간에도 14년 전에 들었던 '**자살도 특권이다.**'라는 말이 사실이라고 생각했다.

> 자살할 수 있음도 특권임을 알았습니다. 아무나 자살할 수 있는 것은 아니더군요. 지금도 생이 너무도 고통스러워 자살하고 싶습니다. 하지만, 정말 너무너무 고통스럽지만, 저를 바라보고만 있는 두 딸 때문에 자살할 수 없습니다. 그래서 신음하면서도 살아내야만 합니다. 저를 이해할 수 있는 유일한 사람이 교수님이라고 생각해서 이런 고통스러운 내용을 말씀드립니다.

14년 전에 내게 상담을 요청했던 제자의 고백이다. 나는 2시간 넘게 자신의 고통을 이야기했던 제자의 손을 잡고 함께 우는 것 외에는 정말 아무것도 할 수 없었다. 우리는 두 손을 잡고 한참 동안 울었다. 내 생에 그렇게 많이 울어본 것은 처음이었다. 그때처럼 지금도 눈으로도 울고 싶다. 지금은 마음에서만 눈물이 계속

흐른다. 나는 제자와 상담을 마친 다음 제자의 생을 각색해서 책 한 권을 써 두었다. 주인공들 이름만 바꾼 채 제자에게 들었던 그대로를 다 쓴 원고를 제자에게 보내주었다. 제자는 책을 출판해도 좋다고 말했다. 그때 제자가 했던 말이다.

"책을 보는 사람이라면 누구든지 모든 내용을 허구라고 생각할 것입니다. 아이들 엄마가 본다고 해도 자신의 말이라고 생각하지 않을 것입니다. 아이들 엄마는 말들을 뱉은 다음에는 완전히 잊어버린 듯 살아갑니다. 자신이 했던 말들도 자기식으로 완전히 편집해서 자기 유리한 대로만 이해하고 살아갑니다."

14년이 지났지만, 아직도 출판하지 못하고 지금도 컴퓨터 안에 잠자고 있는 책 제목은 <행복한 이혼식>이다. 내가 어떤 사람이 이혼을 상담해 왔을 때, 이 책을 썼다고 말했을 때 그 사람이 이렇게 말했던 것도 잊지 못하며 살고 있다. "행복한 이혼식이라고요. 교수님, 제게는 어떤 이혼식이든 전혀 불가능합니다. 상대방을 죽여버리고 싶은데 무슨 이혼식을 한다는 말입니까? 사실 소설로는 가능하지만, 현실은 전혀 불가능하다고 생각합니다." 나는 그 사람 심정을 충분히 이해하고 있다. 지금까지 내게 상담받았던 많은 사람 중에 그 사람처럼 상대방을 죽이고 싶다고 말했던 사람이 여럿 있었기 때문이다. 아무튼, 14년 전 상담했을 때 제자는 '**이혼도 특권임을 정말 마음으로 알았습니다.**'라고 말했다. 나는 그때 제자의 비참한 표정을 잊을 수 없다.

정말 이혼할 수 있음도 특권임을 알았습니다. 지금 제가 이혼할 수 있다면 정말 행복하겠습니다. 20년 전부터 생긴 제 모든 고통은 바로 결혼한 한 사람과 떨어질 수 없기에 생긴 것입니다. 그 사람 말이 항상 면도칼이 되어 저희 3명을 벱니다.

지금, 이 순간에도 마음에서는 계속 눈물이 흐른다. 제자는 지금도 그런 고통스러운 생을 이어가고 있다. 나는 지금도 제자에게 이 말로 위로하고 있다. 사실 위로가 될 수 없음을 잘 알지만.

이혼해야만 하는데도 자식들 생각하고 이혼하지 않으며 고통스러운 결혼생활을 끝까지 견디는 사람이 더욱 위대합니다.

나는 제자의 고백을 들었던 그 순간부터 지금까지 14년 동안 **이혼도 특권**이란 말을 잊어본 적 없다. 사실 나 역시 다른 형태이지만 제자의 말처럼 지금도 고통의 생을 '살아내고' 있기 때문이다. 내가 무엇 때문에 얼마나 고통스럽게 생을 살아내고 있는지 정확하게 이해하는 사람은 아무도 없다. 그래도 옆에서 보고 있는 큰아들이 가장 많이 이해할 것이고, 또 신인의 가족으로 함께 살아가는 몇 분이 어느 정도는 이해하고 있을 것이다. 그러나 내가 '살아내는' 이 고통스러운 생이 정확하게 무엇이며, 이 고통이 어느 정도인지를 이해하는 사람은 아무도 없다. 오직 신인이신 주 예수님만 내 모든 것을 완전히 아시고 정확히 이해하시리라.

아무튼, 나는 아침 10시(고국 시간 29일 0시)에 일어난 후 고흐 작가님이 마지막 순간에 간절히 충고한 것을 내 마음에 새기기 위해 기록하기 시작했다.

1. 올바른 사랑을 해라
2. 강점을 더욱 키워라
3. 분별력을 키워라
4. 건강을 위해 노력하라

5. 고통의 기간을 성장의 시간으로 생각하라
6. 그 한 사람이 되어라
7. 될 때까지 끝까지 최선을 다하라
8. 할 수 없는 것은 하늘에 맡겨라

위의 8가지 내용 중에서도 잠에서 깨어난 다음 지금까지도 몇 가지는 계속해서 내 마음을 시리게 만든다. 그중에서 두 가지는 아마 평생 생각나게 될 것 같다.

올바른 사랑을 해라
"너는 올바른 사랑만을 해야 한다. 네가 강조해 왔던 것처럼 사랑해서는 안 될 사람은 없지. 그렇지만 온 마음을 다 주면서 사랑해서는 안 될 사람도 있다. 네 마음을 다 주어도 그 마음을 무가치하게 여기는 사람도 있다. 그러니 귀한 네 마음을 받을 만 한 사람에게만 주어야 한다. 너는 죽어가는 순간에 네 주위에 너를 사랑하는 사람들이 너를 그리워하면서 지켜볼 수 있도록 사랑에 성공한 자가 되어야만 한다."

그분의 사랑이 어떠했는지를 자세히 알고 있던 나는 이 말을 들었던 그 순간을 잊을 수 없다. 꿈이었지만 그분을 안아드리지 못한 것이 참으로 아쉽다. 그분은 내가 평상시에 강조했던 원칙을 철저하게 지키라고 말씀하셨다. 사실 나는 이렇게 강조해 왔다.

온전한 사랑이란 우주적인 사랑을 의미한다. 사실 세상에는 사랑해서는 안 될 사람은 없다. 그러나 상대방이 수용할 수 있는 높이에서만 가장 적절하게 사랑해야만 온전한 사랑이 되고 우주적인 사랑이 된다. 결국 눈높이 사랑이 가장 중요하다.

우주적인 사랑이란 적절한 사랑이며 적절한 사랑이 온전한 사랑임을 강조할 때 다음과 같은 원칙을 제자들에게 강조해 왔다.

온 마음으로 사랑하기 전에 반드시 해야 할 것이 있다.
온 마음을 주어 사랑해야 할 사람인지 철저히 검증하라.
온 마음을 주고 난 다음 되돌려 받는 것은 불가능하다.
그러므로 온 마음을 줄 때는 100번 이상 살펴야 한다.

할 수 없는 것은 하늘에 맡겨라

"내가 죽기 직전 가장 아쉬웠던 것이 있었다. 그래서 좀 더 살고 싶었다. 만약 1년만 더 살 수 있다면 얼마나 좋을까 생각했다. 그 이유는 내가 할 수 없는 것을 내가 하려고 애썼던 것들이 생각났기 때문이었다. 만약 1년만 더 살 수 있다면 내가 할 수 없는 모든 것들은 하늘에 맡기고 내가 할 수 있는 것들만 정말 기쁘게 해 보고 싶다. 솔직히 나는 죽는 그 순간까지 정말 온 맘 가득히 기쁘게 했던 일은 단 하나도 없었다. 나는 그림을 그리는 그 순간에도 내가 할 수 없는 일들을 어떻게 할 것인지 걱정하고 있었다. 너는 네가 할 수 없는 일들을 하늘에 맡기고 살아라. 네가 신뢰하고 있는 신인이신 예수님께 그 일들을 맡기면 그분이 그 일들을 해 주실 것이다. 너는 네가 할 수 있는 일만 최선을 다해서 하라."

저는 위의 글을 다시 보며 계속 생각하고 있습니다. 글에서 본 134일이 무엇일까를 곱씹고 있습니다. 꿈꾼 날부터 134일은

2025년 1월에 속한 날입니다. 정확히 그날에 무슨 일이 있었는지 지금 살펴보고 있습니다.

   그날에 무슨 일이 있었는지를 제가 기록해 놓은 내용들을 살펴본 다음 깜짝 놀랐습니다. 왜냐하면, 그날에 고문당했던 1984년 이후 41년 동안 볼 수 없었던 글들을 발견했기 때문입니다. 그런데 그날 깜짝 놀랄 글을 발견했습니다. 1980년에 고향 대나무 숲 친구 집에서 신음하던 제가 이런 글을 썼다는 사실을 기억하고는 저도 놀랐습니다. 만약 이 글을 1984년도에 저를 고문했던 놈들이 보았다면 저는 지금 이렇게 글을 쓸 수 없을 것입니다. 지금 글을 다시 봐도 충격입니다.

☯ 사기도문 *　　　　　* 사단이 가르쳐 준 기도문

권력 안에 계신 우리 아버지시여!
이름이 거대하다 여김을 받으시오며
지옥이 임하옵시며
뜻이 권력 안에서 이루어진 것 같이
우리의 총칼 안에서도 이루어지소서.
        오늘도
우리에게 차고 넘치도록 금은보화를 주옵시고
우리가 우리에게 아무 죄도 없는 자들까지 죽일지라도
마귀의 자녀답게 너무도 잘했다고 칭찬만 해 주시고
총칼로 돈과 명예를 빼앗는데 뱀처럼 지혜롭게 하시고
다만 더 큰 악을 행할 능력을 주소서.
지옥의 권세와 영광이 아버지께 영원히 있사옵나이다.
최고 거룩한 음정으로 아ㅡㅡ아ㅡㅡ아ㅡ멘!

그들이 셀 수 없이 사람을 죽였던 그때
그가 이 글을
그 지방 사람들 앞에서 낭독했기에
그가 속한 종교 지도자들의 만장일치로 출교당했는데
그 후
어디서 어떻게 되었는지
아무도, 정말
그 *신*조차도 모른다네.

저는 자면서 꾸는 꿈 때문에 책을 쓴 적은 딱 한 번 있었습니다. 2009년 9월 9일부터 10월 10일까지 꿈 때문에 <천국의 비밀>을 썼습니다. 그런데 지난 두 달 동안 꿈 때문에 책을 썼습니다.

出死力拒戰 則猶可爲也

이 10개의 글자가 한국을 새로 일어나게 만들고
한민족이 세상을 새롭게 하는 일에 앞장서게 할 것이다.
10개의 글자는 네 책이 출판된 후로는 최고 주목받게 될 것이다.
그러므로 너는 죽는 그 순간까지 10개의 글자를 외쳐라.

네가 신뢰하고 있는 신인께서 10개의 글자를 가슴에 품고 사는 자들에게도 내게 주셨던 **천행**을 반드시 주실 것이다. 그러니 어서 일어나 <이순신눈물>을 완성하고 출판하라.

이렇게 꿈에서 장군님께서 말씀하셔서 책을 출판합니다.

저는 울 수 있음도 큰 복임을 알게 된 후 자주 이 문장을 제 마음에 쓰고 있습니다. 어떤 사람은 마음조차 눈물을 흘릴 수 없기에.

마음눈물을 흘릴 수 있음도 감사하자

위의 글과 마지막 문장은 <이순신눈물>을 정리할 때 쓴 것입니다. 그런데 이순신 장군님의 사랑에 관한 내용을 정리하는 과정에서 위의 문장을 다듬어서 다음과 같이 마음 판에 새기고 있습니다.

마음눈물을 흘린다는 것은 매우 사랑하고 있다는 증거다.

**마음눈물이 피눈물임을 잘 아실 것입니다.
사랑의 근본이신 신인께서도
피눈물로 기도하셨던 것도 잘 아실 것입니다.**

위의 내용을 마음 판에 새기고 있는 오늘도 종일 글자들이 마음에 계속 있었습니다. 오늘은 2025년 5월 30일, 지금은 자정입니다. 마지막 10자는 이 책 표지를 만든 14일부터 곱씹고 있습니다.

出死力拒戰 則猶可爲也
출사력거전 즉유가위야
죽을 힘을 내어 맞아 싸우면 이길 수 있습니다

出死力善行 則猶必爲也
출사력선행 즉유필위야
죽을 힘을 다해 선을 행하면 반드시 이루어집니다

出死力愛行 則猶必爲也
출사력애행 즉유필위야
죽을 힘을 다해 사랑하면 반드시 이루어집니다

위의 문장을 곱씹고 있는 지금 소설 <이순신 보물>에 있는 장군님 말씀이 갑자기 생각납니다. 결혼한 4명에게 주셨던 말씀입니다.

"결혼생활은 서로의 인격을 성장시키는 훈련이다. 나도 처가 도움만 받으며 과거 준비하던 11년 동안에 도망하고 싶은 순간들이 있었다. 그러나 내가 도망하지 않았던 것이 얼마나 감사한지 모른다. 사실 최고 행복하게 보이는 결혼생활에도 고통의 터널은 있는 거다. 그러나 고통의 터널을 지났던 사람들만 결혼에 관해 조언할 수 있다."

마침내 발견한 이순신사랑

저는 지금도 마음눈물을 흘리며 기도하고 있습니다. 수십 년 동안 제 마음눈물을 흐르게 만든 사람들이 있습니다. 수십 년 동안 제 마음눈물을 흐르게 만든 꿈들이 있습니다. 사람들과 꿈들을 사랑하기 때문에 이렇게 마음에서 끝없이 눈물이 흐릅니다. 사랑하는 사람들과 1980년부터 꾸어왔던 꿈이 올해는 이루어지리라고 생각되기에 지금 이렇게 계속해서 글을 정리하고 있습니다. 이 책은 4월에 정리한 <이순신보물>부터 10번째입니다.

사실 저는 지금 장군께서 점을 치셨던 심정을 이해하고 있습니다. 장군께서는 너무도 무기력해져서 자신이 아무것도 할 수 없을 때 점을 치셨습니다. 저는 어린 시절부터 교회공동체에서 점치는 것은 미신이라고 배웠습니다. 그러나 저는 장군님의 난중일기를 몇 번 읽으면서 점치는 것을 모두 미신이라고만 말할 수는 없다고 생각하게 되었습니다. 장군님의 경우 자신의 힘으로는 아무것도 할 수 없는 '무기력한 상태'인 시름에 빠져 있었던 때에만 점을 치셨기 때문입니다. 저는 난중일기를 읽으면서 이 사실을 알았습니다.

장군님은 너무나 사랑하기 때문에 점을 치셨다

장군님의 경우 점을 치신 것은 사랑한다는 표현이었습니다. 그런데 장군께서는 점을 칠 수도 없는 '늪과 같은 시름'에 빠져 있을 수도 있었습니다. 그런 시름에 빠져 있는 경우에는 점도 치지 못하고 신음하기만 하셨습니다. 그렇게 신음하다 겨우 잠에 빠졌고, 그런 잠에서 꿈을 꾸었습니다. 물론 장군께서 그런 상태였다고 해서 항상 꿈을 꾸신 것은 아니었습니다. 그렇지만, 장군께서 정말 해결책이 필요할 때는 꿈에서 그 해결책을 얻으셨습니다. 한마디로 장군님께서 점을 치는 것이나 꿈을 꾼 것은 결국 가족과 백성 그리고 나라를 사랑한 증거였습니다.

제가 장군님의 점치는 것과 꿈꾸는 것을 좀 더 이해하게 된 것은 제 경험 때문입니다. 이미 말씀드린 것처럼, 저는 점치는 것을 미신이라고 배웠기에 점을 친 적은 단 한 번도 없었습니다. 그러나 꿈은 가끔 꾸며 살았습니다. 앞에서 말씀드렸지만 한 가지를 40년 동안 꾸었던 적도 있었습니다. 그리고 4월부터 지금까지 이순신 장군님과 관련해서 자주 꿈을 꾸고 있습니다.

사실 저는 지난 3년 동안 거의 꿈을 꾸지 않았습니다. 그런데 4월부터 지금까지 매우 자주 꿈을 꾸었습니다. 지금 이 부분을 정리하고 있는 오늘은 5월 29일인데, 새벽에도 매우 뚜렷한 꿈을 꾸었습니다. 새벽의 꿈에 관한 이야기는 나중에 말씀드리겠습니다. 지금은 9일 전인 20일에 꾸었던 꿈 때문에 썼던 여러 내용 중 하나를 나누려고 합니다. 제 글을 보면서 또 개꿈 이야기이냐고 공격할 사람이 있을 것입니다. 어떤 사람은 '강아지 꿈'이라고 비아냥거립니다. 그러나 제 꿈이 어떤 사람에게는 개꿈도 못 되는 강아지 꿈으로 생각될지라도, 제게는 매우 중요합니다. 왜냐하면, 제가 뚜렷하게 기억한 꿈은 언제나 현실과 연결되어 있기 때문입니다. 아무튼, 제가 강조한 문장을 잊지 마시고 제 글을 읽으시면 좋겠습니다.

> 꿈은 간절한 소원이 잠재의식에 반영될 수도 있다.
> 잠재의식이 반영된 꿈도 현실과 연결될 수도 있다.
> 모두가 그런 것은 아니지만, 어떤 사람들에게는
> 의식의 세계와 현실의 세계가 신비롭게 연결된다.
> 중요한 사실은 의식의 세계도 신인이 주관하신다.
> 신인은 어떤 사람의 경우에 무의식도 주관하신다.

오늘은 2025년 5월 20일입니다.

오후 4시에 <목사들이 생각한 이재명>을 인쇄소에 보내고 방의 불을 끄고 누워 잠시 쉬는데 깜박 잠이 들었습니다. 제가 낮잠을 잔 것은 몇 년 만에 처음입니다. 사실 언제 낮잠을 잤는지 기억도 없습니다. 저는 일어나면 잘 때까지 항상 성경 들으며 맘으로 기도하면서 끝없이 무엇인가를 해 왔습니다. 1986년 신대원에 입학한 이후부터 잠시라도 이렇게 하지 않고 있으면 '생명인 시간을 낭비한 것' 같고 살지 않는 것 같았습니다. 그런데 오늘은 낮잠을 잤고, 그것도 잠시 낮잠을 자면서도 꿈을 꾸었으니 특별한 날입니다. 제가 낮잠을 자면서 꿈을 꾼 것은 처음입니다.

꿈에서 돌 하나를 찾았습니다. 어떻게 찾았는지 이야기하면 제 이야기를 매우 싫어할 사람들이 있기에 생략합니다. 아무튼 돌은 5년 전에 잃어버렸던 것입니다. 꿈에서 돌을 찾고 돌을 손으로 잡는 순간 돌과 연결된 이야기가 영상처럼 펼쳐지기 시작했습니다. 그때 전화벨이 잔잔히 울렸습니다. 잠에서 깨어난 후 잠시 전화 통화를 했습니다. 통화를 마친 다음 꿈에서 보았던 장소를 살폈습니다. 그리고 그 장소에서 몇 년 동안 발견할 수 없었던 돌을 조금 전에 발견했습니다. 돌을 발견한 장소를 생각하니 지금도 웃음이 나옵니다. 그 장소가 어디인지도 말씀드릴 수 없습니다. 또 저를 비웃을 그 사람들 얼굴이 떠오르기 때문입니다. 기억력이 탁월한 그 사람들은 뇌 손상을 입고 기억 상실한 것이 진짜 무엇인지 전혀 이해하지 못합니다. 그래서 그 사람들이 저를 향해 '완전 치매 환자'라고 말했던 것을 생각하니 장소도 말하지 않는 것이 좋다고 생각됩니다. 아무튼 지난 5년 동안 보지 못했다가, 아니 생각조차 나지도 않았다가, 조금 전에 발견한 돌은 바로 이것입니다.

이 돌을 꿈에서 발견한 다음부터 돌과 관련된 이야기가 지금 제 머리에서 영화처럼 상영되고 있습니다. 사실 5년 전에는 돌을 보고 있어도 생각나지 않았던 이야기입니다. 다시 생각나는 것은 초등학교 들어가기 전과 중학교 1학년 때 읽었던 소설 <이순신보물>에 있는 이야기였는데, 너무나 슬프고 아름다운 내용입니다.

저는 지금 돌을 두 손으로 잡고 돌리면서 자세히 관찰하고 있습니다. 돌은 마치 산처럼 생겼는데, 자연적으로 생긴 것처럼 보이지 않습니다. 칼로 자르고 조각해서 만든 '인공 산'처럼 생겼습니다. 사실 저는 꿈에서 이것이 보이기 전까지는 이것이 있는 것조차도 까맣게 잊고 있었습니다. 그러니 이것과 관련된 이야기도 당연히 생각조차 나지 않았습니다. 그런데 오늘 이것이 보인 다음 이것과 관련된 이야기가 영화처럼 펼쳐지니 신기할 뿐입니다.

제가 2024년 4월 28일 이후에는 소설 <이순신 보물>의 내용 대부분을 기억하게 되었다고 전에 말씀드렸는데, 제가 기억하게 된 것이 정확히 어느 정도인지 또 제가 기억한 내용이 모두 사실인지 지금은 확신할 수 없게 되었습니다. 그래서 제가 이야기하는 내용 중에 사실이 아닌 내용이라고 나중에라도 기억이 수정되면, 후에 수정된 내용을 말씀드리겠다고 다시 약속드립니다. 아무튼, 제가 조금 전에 돌을 만질 때 새로 기억하게 된 내용을 이제 말씀드리겠습니다.

첫째로, 이 돌은 검정 금강석입니다. 이것은 우리 조상들이 인도에서 가져온 것입니다. 원래의 모양은 이렇게 생기지 않았답니다. 어느 날 겐지스강에 물고기를 잡기 위해 갔던 남자가 머리 정도 큰 동그란 검정 돌과 넓이 10cm 길이 60cm 정도 두께 5cm 정도의 돌 그리고 마치 마패처럼 생긴 둥글납작한 지름 10cm 크기의 돌을 발견했습니다. 강가에는 작은 자갈만 있었기에 커다란 두 개의 돌은 멀리에서도 쉽게 보였습니다. 그 남자는 며칠 전에도 그곳에 갔었는데, 그때는 보이지 않았던 세 개의 돌은 하늘에서 떨어져 있는 거로 생각했답니다. 크기가 어른 머리만큼 했던 검정 돌과 어린아이 팔 만한 돌과 마패처럼 생긴 동그란 돌이 진짜 하늘에서 떨어졌는지는 모르지만, 그 남자는 그것들을 운석이라고 생각해서 왕에게 바쳤습니다. 그때는 모든 운석은 왕에게 바쳐졌습니다. 왜냐하면, 그때 사람들은 운석을 하늘이 준 최고 선물 즉 최고 행운의 상징이라고 생각했는데, 하늘이 준 최고 선물인 운석은 반드시 왕의 소유가 되어야 한다고 생각했기 때문입니다.

사실 운석 중에는 검정 금강석이 상당히 있었는데, 왕족은 전통적으로 검정 금강석을 가지고 백성들을 치료했었습니다. 브라만 계급이 생기기 전에는 왕족이 하늘을 대신해서 백성들을 다스린다고 생각했는데, 왕은 백성들의 질병까지도 치료해야만 했습니다. 그때 왕은 모든 돌 중에 검정 금강석이 최고의 치유력이 있음을 조상들로부터 배워서 잘 알고 있었습니다. 그리고 여러 운석 중에 간혹 검정 금강석이 있음을 알았던 왕은 자신만이 금강석으로 백성의 치유를 도울 수 있도록 법으로 제정했던 것입니다. 바로 왕은 자신만이 현대인이 카보나도 다이아몬드라고 부르는 검정 금강석을 가지려고 모든 운석을 최고 행운의 상징이라고 백성들에게 교육했고, 최고 행운의 상징인 운석은 최고 통치자인 왕의 것이라고 가르쳤습니다. 그래서 모든 운석을 자신에게 바치도록 했던 것입니다. 그렇게 금강석을 이용해서 백성들의 질병을 고쳐서 왕의 권위가 하늘로부터 주어진 것임을 보여주고 싶었던 것입니다. 아무튼, 그때 왕은 운석이라고 생각했던 3개의 돌을 그 남자로부터 받아서 궁전 입구에 두었답니다. 그런데 그날 밤 꿈에 사람 형상을 한 신이 찬란한 빛 가운데 나타나 왕에게 이렇게 말했답니다. 나중에 그렇게 나타나 말씀하셨던 신을 후손들에게는 신인이라고 말했답니다.

"너희 혈육들이 위험하다. 여기를 속히 떠나서 내가 인도할 땅으로 가라. 내가 너희 혈육을 세상에서 가장 아름다운 곳으로 인도하리라."

왕은 자신들을 인도하시겠다는 약속을 어떻게 믿을 수 있느냐고 물었답니다.

"내가 왕궁 입구에 둔 돌 중 검정 것을 네가 항상 바라보고 있는 앞산 모양으로 만들면 그때는 믿겠느냐."

그러나 왕은 곧장 대답하지 않고 있었습니다. 그러자 신인이 말씀하셨습니다.

"왜 대답하지 않느냐? 네가 특별히 원하는 것이 있느냐? 그것이 무엇이냐? 네가 특별히 원하는 것이 있다면 내가 그것을 해 주리라."

"검정 돌로 앞산을 만들어 주시고 긴 돌로는 칼을 만들어 주시고 둥근 돌에는 말의 형상을 만들어 주십시오. 그러면 믿겠습니다."

왕은 이렇게 대답했답니다. 사실 왕이 이렇게 대답한 것은 그 순간 번쩍이는 생각이 있었기 때문입니다. 신인은 왕이 타지로 가야만 한다면 고향 산이 보고 싶으리라 생각할 것이기에 돌로 산을 만들어 주겠다고 말씀하셨습니다. 왕은 신인의 뜻을 잘 이해했습니다. 그런데 왕은 이 만약 아이 팔만한 운석이 칼이 될 수 있다면 후손들이 유용하게 사용할 수 있으리라고 생각했습니다. 사실 그때는 운석으로 칼을 만든다는 것은 매우 어려웠습니다. 금강석으로 운석을 계속 문질러서 칼을 만들 수는 있었지만, 상당한 기간이 필요했습니다. 그리고 돌에 말 형상이 새겨지면 좋겠다고 생각한 것은 그 돌이 자신들을 태우고 가는 말처럼 역할을 해 주면 좋겠다고 생각했기 때문입니다. 왕이 신인에게 이렇게 말하자마자, 번개가 번쩍이면서 돌들을 휘감았답니다. 그러자 검정 돌의 모양이 지금처럼 변했고 아이 팔 만한 돌은 검으로 변했고 둥근 돌에는 말의 형상처럼 보이는 것이 생겼답니다.

 왕은 꿈에서 깨어나 왕궁 입구로 급히 갔습니다. 그런데 놀랍게도 꿈에서 보았던 것처럼 돌들의 모양이 변해있었답니다. 지금 제가 만지고 있는 돌이 그때 만들어졌던 것입니다. 그리고 이제 감 잡았을 것입니다. 맞습니다. 그때 만들어진 것이 바로 호두검이었습니다. 물론 이순신 장군께서 발견했을 때 호두검의 손잡이는 나중에 우리 조상이 한반도로 이주하신 다음에 만든 것이었습니다. 우리 조상이 인도에서부터 가지고 왔었던 호두검이 신흥 동산 바위틈에 어떤 과정을 통해서 있게 된 것도 방금 생각났습니다. 호두검에 관한 여러 내용은 나중에 자세히 말씀드리겠습니다. 그리고 둥근 돌은 <이순신보물>에서 사진으로 소개했던 말의 형상과 용의 형상이 있던 것으로 제가 항상 가슴에 품고 있는 것입니다. 제가 품고 있는 돌은 이순신 장군께서 1587년 8월 14일 밤, 비바람이 몰아치던 그때 열선루에서 받으신 것이라고 이미 소개했습니다. 그런데 돌이 어떻게 해서 하늘에서 열선루로 떨어지게 되었는지는 지금도 모르겠습니다. 지금도 제 가슴에 품고 있는 돌에 관한 이야기가 나중에라도 기억나면 말씀드리겠습니다. 단지 지금 기억하는 내용은 기생의 조상이 왕국이 함락되기 직전에 몇 개의 돌과 함께 사라졌다는 점입니다.

　그리고 지금 돌을 계속 만지고 있는데, 지금도 소설 <이순신 보물>을 보았을 때 제 모습과 소설에 기록된 내용이 영화처럼 펼쳐지고 있습니다. 지금 제가 만지고 있는 이 돌 주위에 7개의 조각이 있었답니다. 그러니까 큰 검정 돌은 8개의 조각이 된 것입니다. 왕은 꿈에 나타난 신인의 지시대로 혈육을 데리고 왕궁을 빠져나올 때 조각이 된 8개 돌도 함께 가지고 나왔답니다. 물론 둥근 돌도 함께 가지고 나왔답니다. 그런데 왕궁에서 막상 나온 왕과 혈육들은 어디로 가야만 할지를 몰랐답니다. 일단 급히 앞산으로 피했는데, 신인은 왕의 가족이 가야 할 길을 보여주지는 않았던 것입니다. 그런데 앞산 3분의 2 정도 올라가자 놀라운 일이 발생했답니다. 바로 이 돌에서 빛이 나오기 시작했기 때문입니다. 더 이상 말하지 않아도 이해하실 것입니다. 그렇습니다. 우리 조상들은 이 돌에서 나온 빛을 따라 한반도로 왔던 것입니다. 그때 빛이 나왔다는 곳은 조금 파여 있고, 지금도 그 주위에는 조그마한 동그란 하얀 점이 있는데, 그곳에서 지금도 마치 빛이 나온 듯 반짝이는 작은 무엇이 있습니다. 제가 사진을 찍어보았습니다.

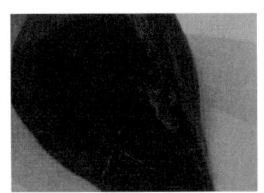

　그런데 조상들이 도망 나왔던 그때 함께 도망 나올 수 없었던 왕자가 있었습니다. 그는 혈육들을 죽이려고 가까이 왔던 브라만

승려들을 제지하기 위해 왕궁의 군사들을 인솔해야만 했습니다. 만약 브라만 승려들이 혈육들을 쫓는다면 모두가 죽임을 당하게 되기 때문입니다. 그곳에 남았던 왕자는 결혼한 지 얼마 되지 않았던 사랑하는 아내의 배에 자기 씨앗이 자라고 있음을 천행이라고 생각했습니다. 아내의 입과 아내의 배에 입을 맞추면서 아내에게 이렇게 말했습니다.

"이 돌을 볼 때 우리 사랑 키웠던 앞산을 기억하고, 산에서 내가 당신에게 항상 고백한 사랑을 잊지 않기를 바라오."

왕자가 '**산에서 고백한 나의 사랑을 잊지 않기를 바라오**.'라고 말했던 것 때문에 그 후부터 사람들은 돌을 '**사랑의 산**'이라고 불렀습니다. 왕자는 그곳에서 브라만 승려들을 제지하다가 군사들과 함께 죽임을 당했고, 왕자와 군사들이 싸우는 중에 왕족은 산을 넘고 강을 건넜고, 그 후 이 금강석이 비추는 곳을 향해서 계속 나아갔고 마침내 한반도 쪽으로 이동할 수 있었습니다.

저는 그때 왕자가 호두검을 가지고 싸웠다면 어떻게 되었을까 생각하고 있습니다. 그런데 소설에 기록된 내용은 이렇습니다. 그때 손잡이를 임시로 만들어 싸울 수 있는 무기로 변형된 호두검을 왕이 왕자에게 주면서 '이 검을 가지고 싸우라'라고 말했답니다. 왕이 눈물을 흘리면서 왕자에게 호두검을 건네자, 왕자는 그것을 받은 다음 이렇게 말했답니다.

"브라만 계급의 군사들이 너무 많아서 우리가 이길 수 없습니다. 지면 이 검도 빼앗기게 될 것입니다. 그러니 이것을 가지고 가십시오. 제 자식에게 주시면서 아빠가 사랑하는 증표라고 말씀해 주십시오."

 이렇게 말한 왕자는 검의 양날에 키스한 다음 왕에게 검을 다시 돌려드렸습니다. 왕은 눈물을 흘리면서 왕자를 꼭 안은 다음 작별을 고했습니다. 왕자와 군사들을 뒤에 두고 왕궁을 빠져나온 왕과 왕족들은 피눈물을 흘리면서 산으로 올라갔고, 그 후 돌의 빛을 따라 한반도로 오게 되었습니다. 돌의 빛이 안내하다 마침내 멈춘 곳에 두 개의 검정 금강석이 빛을 내고 있었답니다. 두 개 모두 1kg이 넘은 것인데, 제가 그중 하나를 지금도 책상 앞에 두고 보면서 글을 정리하고 있습니다. 놀랍게도 모든 금강석 중에서 경도가 최고 강합니다.

 한반도로 이동한 후 고대 왕국을 세운 후 왕궁의 깊숙한 곳에는 8개의 돌과 한반도에서 발견했던 2개의 돌이 있었답니다. 그러다가 고대 왕국이 무너질 때 왕족이 우리 고장으로 도망하면서 몇 개의 금강석을 가지고 왔답니다. 저는 다른 금강석이 어디 있는지 알 수 없었습니다. 그런데 제가 지금 소설 <이순신 보물>에 있는 여러 내용을 기억하게 되었습니다. 소설에는 지금 제가 보고 있는 금강석과 연결된 이야기를 매우 자세히 기록해 놓았습니다. 물론 소설에는 이것을 금강석이 아니라 검정 운석이라고 표현하고 있습니다. 사실 이것이 운석인지는 정확히 알 수 없습니다. 운석이 아닌 보통의 카보나도 다이아몬드 즉 일반적인 검정 금강석일 수도 있기 때문입니다. 확실한 것은 이것이 검정 금강석이란 점입니다. 아무튼, 소설을 썼던 제 작은할아버지도 검정 돌이 금강석인 줄은 전혀 몰랐습니다. 저도 이런 종류의 돌이 요즘 용어로 카보나도 다이아몬드임을 알게 된 때가 지난해 2024년 9월 20일이라고 이미 여러 곳에서 말씀드렸습니다. 아무튼 신기합니다. 3시간 전에는 전혀 생각도 나지 않았던 이 금강석을 발견하게 되고, 이 금강석을 만지기 시작할 때부터 금강석과 관련된 이야기가 영화처럼 펼쳐지고 있으니 말입니다.

이 금강석과 관련된 이야기를 하려면 상당한 시간이 필요할 것 같습니다. 지금 소설의 내용이 계속 보입니다. 가장 중요한 이야기는 임진왜란 후에 이 금강석을 '이순신사랑'이라고 부르기 시작했다는 점입니다. 그러니까 제가 '이순신사랑'을 마침내 방금 발견한 것입니다. 1984년 고문을 당했을 때 완전히 잊어버린 이야기를 41년 만에 발견한 것입니다. 참으로 감격스럽습니다. '이순신사랑'이란 금강석을 다시 발견했을 뿐만 아니라, 드디어 41년 만에 금강석과 관련된 사랑의 이야기를 기억하게 되었다니 정말 말로 표현할 수 없는 감격입니다. 그리고 호두검이 신흥 동산에 있게 된 과정이 기록된 내용도 방금 보이기 시작했습니다. 참으로 흥분됩니다. 이제 이 금강석 이름이 '사랑의 산'에서 '이순신사랑'으로 어떻게 변하게 되었는지를 이야기해야겠습니다.

장군님이 마리오 신부님을 만났을 때였습니다. 마리오 신부님은 장군님께 기생을 양녀로 삼아달라고 간청했습니다. 장군님은 마리오 신부님에게 그렇게 하겠다고 약속했습니다. 그때 마리오 신부께서 장군님께 가보를 감사의 표시로 드린다고 하면서 품에서 꺼내었던 것이 바로 이것이었습니다. 장군님은 그때 마리오 신부님으로부터 이것을 받으면서 다음과 같은 이야기를 들으셨습니다.

　이미 말씀드렸지만, 마리오 신부의 조상은 기생의 조상과 같은 왕족이었습니다. 그런데 왕국이 무너질 때 마리오 신부의 조상은 배에 올라타고 피난을 갔습니다. 그런데 심한 폭풍우를 만나서 정상적인 항해를 할 수 없었고 마침내 알 수 없는 땅에 정박하고 말았습니다. 나중에 그곳 원주민 중에서 조상들이 사용하고 있던 사투리(범어)를 사용한 사람을 만났습니다. 그곳은 일본의 한 외진 항구였습니다. 그런데 그곳에 유럽에서 온 배가 있었습니다. 그 배 역시 다른 곳으로 가려다가 폭풍우 때문에 그곳으로 오게 되었답니다. 그런데 그 배 안에 마리오 신부 조상의 모습과 비슷한 사람이 타고 있었습니다. 그 사람은 그 배의 부선장이었는데, 놀랍게도 사투리를 잘 알고 있었습니다. 대화를 통해서 알게 된 것은 그 사람의 조상도 브라만 계급을 피하여 유럽으로 갔던 인도 고대 왕족이었습니다. 마리오 조상은 그 사람과 함께 스페인으로 가게 되었습니다. 그 부선장의 집안은 '새로운 집'이란 의미인 **하비에르** 성을 사용하고 있는 가문과 사돈이 되어 지역 유지로 살고 있었습니다. 나중에 그 가문에서 자란 선교사가 일본에 대표 선교사로 오기도 했었습니다. 마리오 선교사가 일본으로 쉽게 올 수 있었던 것도 바로 **대표 선교사인 하비에르**와 친했기 때문입니다. 아무튼, 마리오 신부 조상도 그 지역에서 쉽게 정착하게 되었습니다. 물론 마리오 조상이 그 지역에서 쉽게 정착할 수 있게 된 가장 큰 요인은 보석들 때문이었습니다. 조상들은 가지고 갔던 보석 중에 일부분을 팔아서 그곳에서 집과 땅을 샀고, 충분한 현금으로 그곳 사람들과 쉽게 교류할 수 있었습니다. 물론 그렇게 쉬운 정착은 부선장이 있었기에 가능했음은 말할 필요가 없을 것입니다.

　모든 이야기를 하려면 많은 시간이 필요합니다. 요약하자면, 그때 조상이 가져갔던 여러 보석 중에 '사랑의 산'이 있었습니다. 사실 마리오 조상은 왕궁에서 보석을 관리하는 역할을 했습니다. 보석 관리는 왕족 중에서도 매우 충성된 자들만 가능했습니다. 왕의 형제자매 자손들만 가능했던 그 일을 담당했던 조상을 둔 마리오는 기생과 같은 왕족이었습니다. 아무튼, 마리오는 도망갔던 가문의 장손이었고, 장손에게 대대로 물려주었던 '사랑의 산'을 항상 몸에 지니고 다녔습니다. 그렇게 애지중지했던 '사랑의 산'을 장군님에게 감사의 표시로 드렸던 것입니다. 물론 마리오 신부님은 장군님께 그 돌이 인도에서 한반도로 어떻게 오게 되었는지도 자세히 설명해 주셨습니다. 그때 마리오 신부님은 장군님께 조상들이 폭풍우가 몰아칠 때 돌풍이 동반했는데, 돌풍이 배 안에 있던 몇 가지를 하늘로 가져갔다고 말했습니다. 저는 지금 깨닫게 된 내용이 있습니다. 그때 하늘로 올라갔던 것 중에 지금 제 가슴에 있는 금강석도 있었다고 생각하고 있습니다. 그런데 어디에 그렇게 오랫동안 있다가 열선루에 계시는 장군님 앞에 떨어졌는지 아직도 전혀 이해되지 않습니다.

　아무튼, 장군님은 '사랑의 산'을 침실 머리맡에 두시고 사셨습니다. 장군께서는 열선루에서 습득한 금강석은 둥글납작해서 가슴에 항상 품고 사셨지만, 마리오 신부님이 선물로 주신 금강석은 두툼해서인지 잠자리 머리맡에만 두셨던 것입니다. 그런데 명량해전에서 승리하신 다음 기생이 살고 있던 집에 오신 장군님께서 '사랑의 산'을 꺼내어 놓고 사람들을 불러 모았습니다. 2명의 서자와 서자들 친구 2명 그리고 그들의 아내와 연인이 된 4명의 여인에게 말씀하셨습니다.

"이것을 '사랑의 산'이라고 부른 이유를 너희들도 잘 알 것이다. 이것을 다른 각도에서 보니 마을 뒤의 배이산과도 비슷하구나. 이제부터 이것을 '사랑의 배이산'이라고 불러라. 내가 이름을 바꾸는 이유는 너희들이 배이산을 보고 또 이것을 보면서 형제자매로 서로 뜨겁게 사랑하며 살아가기를 간절히 원하기 때문이다. 그리고 너희가 살고 있는 이 마을 사람들 모두를 너희들과 같은 형제자매로 생각하며 살기를 원해서다. 나는 '사랑의 배이산'이 너희들과 함께 영원히 있기를 바란다. 너희들은 배이산과 이것을 바라보면서 서로를 자신처럼 생각하며 뜨겁게 사랑하기를 바란다. 너희부터 형제자매로 서로서로 뜨겁게 사랑하라는 내 말을 잊지 말라고 이것을 주는 것이니, 어떤 일이 있어도 이것을 잃어버리지 말고 자손들에게 물려주면서 내 말을 전해주길 바란다. 우리는 원래 한 가족이었다는 점을."

그때부터 우리 마을은 성이 달라도 모두가 형제자매로 살기 시작했다고 합니다. 그런데 어떻게 '사랑의 배이산'이 '이순신사랑'으로 변했을까요? 그 이유는 장군님께서 노량해전에서 세상을 떠나셨을 때부터 우리 마을 사람들이 장군님을 영원히 잊지 말자고 이름을 바꿨다고 합니다. 자신들을 친자녀로 삼아주셨던 장군님의 사랑이 변함없이 영원함을 잊지 말자고 수천 년이 지나도 변함없는 금강석을 '이순신사랑'이라고 부르기로 했던 것입니다.

장군님이 명량해전에서 승리하고 우리 마을을 찾아오신 다음 사람들을 만나셨을 때 하셨던 말씀은 소설 <이순신 보물>에 이렇게 기록되어 있습니다.

"나는 신인이신 예수님께서 이렇게 말씀하셨음을 마리오 신부님이 선물해 주신 책에서 읽은 다음 지금까지 하루도 잊어본 적 없다. '**내 뜻대로 행하는 사람들이 나의 형제요 나의 부모입니다.**' 명량해전에서 333척을 향해 앞장서서 싸우기 시작했던 그때, 같은 배에서 처음부터 나와 함께 서서 신인의 뜻대로 싸워줬던 4명의 아들 때문에 지금도 나는 이렇게 행복하게 살고 있다. 참으로 내 아들들에게 감사한 마음뿐이다."

장군님께서는 명량해전을 했던 그날 아침에, 전날에 사생결단의 서약식을 했던 장수들에게 새벽꿈에서 신인께서 말씀해 주셨던 승리의 방법을 이야기하셨습니다. 그런데 장군님과 함께 처음부터 싸우기 시작했던 사람들은 장군님과 같은 배에 있었던 장수들과 군사들뿐이었습니다. 그들 중에서도 4명은 장군님과 함께 한마음이 되어 싸움에 앞장섰던 것입니다. 4명이 그렇게 했던 것은 장군님과 운명공동체라고 생각했기 때문입니다. 운명공동체는 생명을 나누는 공동체이기 때문입니다. 4명 모두 아버님이신 장군님을 죽어서라도 보호해 드리겠다고 생각하며 앞장서서 싸웠던 것입니다. 장군님은 배에 함께 타서 싸우고 있는 4명의 아들과 군사들을 보호하겠다고 가장 앞장서서 싸우셨던 것입니다. 명량해전의 승리는 사랑하는 가족을 지키려고 죽을 힘을 내어 싸운 결과였습니다.

영원한 사랑

저는 영원한 사랑이 시간으로 영원할 뿐만 아니라 공간으로 우주만큼 크다는 점을 알게 되었습니다. 우리가 **모든 사람을 사랑해야만 하는 이유는 원래 모두 한 가족이었기 때문**임을 알았습니다. 저는 어린 시절 고향 마을에서 마을의 모든 사람이 혈육처럼 살아가는 것을 보면서 자랐습니다. 우리 마을에서는 성이 달라도 모두 형제자매였습니다. '이웃사촌'이라는 말이 있는데, 우리 마을에서는 '한 가족'이었습니다. 저는 마을 모든 사람과 이웃사촌이 아니라 한 가족으로 살았기 때문에, 나중에 타향에서 만났던 사람들 또한 우리 마을처럼 살며 자랐으리라고 생각했습니다. 그런데 어떤 사람은 자기 집안 사람들은 혈육 외에는 누구에게도 형이나 누나 혹은 언니라고 불렀던 적이 없었다고 매우 자랑스럽게 말했습니다. 저는 그 사람 말을 들으면서 우리 고향 마을과는 전혀 다르다고 생각했습니다. 어떻게 우리 고향 마을은 모두가 형제자매로 살게 되었을까? 이것이 40년 이상을 타향 살이하는 동안 가장 궁금했던 것 중 하나였습니다.

그런데 제가 소설 <이순신 보물>을 기억하면서 우리 고향 마을 사람 모두가 어떻게 해서 형제자매로 살게 되었는지를 정확하게 알게 되었습니다. 바로 '이순신사랑'을 주셨던 장군님께서 우리 고향 마을에 사셨던 조상들을 자녀로 삼고 지극히 사랑해 주셨기 때문이었습니다. 그 사랑을 받았던 조상들은 이웃들을 가족으로 생각하여 지극히 사랑하며 살았습니다.

 그리고 마리오 신부님께서 장군님께 말씀하셨던 내용 중 감동적인 내용이 생각났습니다. 금강석 '이순신사랑'은 스페인의 거대한 성과 그 성 부근 넓은 땅과 바꾸자고 해도 바꾸지 않았답니다. 그런데 마리오 신부님은 '이순신사랑'을 장군님께 선물하셨습니다. 기생을 양녀 삼으신 장군님이 자기의 장인이 되었기 때문에 참으로 감사한 마음으로 선물했던 것입니다. 장군님은 고향에 사셨던 우리 조상들에게 그것을 선물하셨습니다. 장군님께서 우리 조상들을 자녀로 생각하셨기 때문입니다.

 저는 '이순신사랑'을 발견한 다음 온전한 사랑과 영원한 사랑을 계속 생각하고 있습니다. 그리고 온전한 사랑이란 자신이 할 수 있는 최선을 다해서 목숨까지 주려는 사랑으로 생각하고 있습니다. 영원한 사랑이란 온전한 사랑이 끝까지 지속되는 거로 생각하고 있습니다. 그리고 이순신 장군과 관련된 보물들을 발견하기 시작한 2011년부터 지금까지 이순신 장군님의 사랑과 고흐 작가님의 사랑을 연결해서 생각하고 있습니다. 사실 두 분 모두 이런 사랑이 무엇인지 잘 보여주신 생애를 사셨기 때문입니다.

 저는 가장 많은 오해를 받아왔던 사람이 빈센트 반 고흐 화가님이라고 생각합니다. 사실 지금도 빈센트 반 고흐의 사랑을 생각하면 너무도 가슴 아픕니다. 6명의 여인을 사랑했지만, 누구와도 결혼식도 한 적 없었습니다. 고흐를 연구한 사람들은 그분이 연민과 사랑조차 구별하지 못했다고 평가합니다. 사랑에 실패했던 그분은 사랑의 실패로 찾아온 절망을 그림 그리는 것으로 극복했다고 평가합니다. 저는 오랫동안 생각했습니다. 고흐 화가님이 연민과 사랑을 구별하지 못한 사람으로 평가받고 있는 점이 합당한가? 그렇다면 사랑과 연민의 차이가 무엇일까요? 저는 정확한 뜻을 이해하기 위해 단어 검색도 해 보았습니다.

연민(憐憫 憐愍)–불쌍하고 가련하게 여기는 것.
사랑
 1. 이성(異性)의 상대에게 성적(性的)으로 이끌려 열렬히 좋아하는 마음의 상태. 드물게, 좋아하는 상대를 가리키기도 함. 애정.
 2. 부모나 스승, 또는 신(神)이나 윗사람이 자식이나 제자, 또는 인간이나 아랫사람을 아끼고 소중히 위하는 마음의 상태. 때로, 자식이나 제자가 부모나 스승을 존경하고 따르는 마음의 상태를 가리키기도 함

–많은 사람이 고흐 화가님을 가난의 표상으로만 생각한 것이 아니라 실패한 사랑의 표상으로도 생각한다. 그러나 나는 고흐 작가님이 실패한 사랑의 표상이라고는 생각하지 않는다.
–그럼, 할아버지는 그분을 어떻게 생각하시죠?
–그분은 온전한 사랑을 추구했던 모델이셨다.
–네? 온전한 사랑의 모델이라고요?
–그렇다. 그리고 **온전한 사랑이란 영원한 사랑과 같다.** 사실 장군님이 추구하셨던 그 사랑을 화가님도 동일한 마음으로 추구하셨다.
–좀 더 자세히 설명해 주세요. 처음 듣는 내용이라 어렵습니다.

―고흐 화가님이 연민과 사랑을 구분하지도 못해서 모든 사랑에 실패했다고 기록한 글도 보았다. 그러나 나는 고흐 화가께서 생각한 사랑은 신인의 사랑과 같다고 생각했다. 그분은 넓은 의미의 사랑 방법으로 살려고 애썼다. 고흐 화가의 이런 사랑 방식은 단순한 애정이 사랑이라고 생각했던 모든 사람에게는 용납될 수 없었다. 화가가 살았던 그때나 지금이나 이런 사랑을 추구하는 사람은 이상한 사람으로 취급된다.

―그럼, 할아버지께서 그 당시 고흐 화가님의 아버지였다면 고흐 화가님이 결혼하겠다고 말씀했을 때 승낙하셨겠네요.

―그렇지. 나는 승낙했지. 단순히 승낙했을 뿐만 아니라 크게 축복했지.

―어떻게 그렇게 생각하실 수 있어요? 모든 사람은 고흐 화가께서 잘 못 사랑했다고 생각하고 있는데 할아버지 혼자 그렇게 생각하는 것은 보통 사람에게는 이해가 되지 않을 거예요. 사실 저도 이해하기 힘들어요.

―고흐 화가님은 단순히 성적으로 호감이 가는 이성을 좋아하는 것만을 사랑이라고 생각하지 않았지. 그분은 아주 어린 시절부터 목사인 아버지로부터 그리고 교회공동체에서 신인의 사랑을 배우며 자랐던 거지. 그래서 고흐는 신인의 사랑을 실천하고 싶어서 탄광 마을 전도사로 갔던 거지. 그곳에서도 고흐 화가님은 신인의 마음으로 탄광 마을 사람들을 사랑했던 거지. 모든 것을 나누며 살았던 고흐를 그곳으로 보냈던 교회 지도자들조차도 고흐가 과도한 사랑을 한다고 충고도 했지. 그러나 고흐는 자신이 마땅히

해야만 될 사랑이라고 생각했지. 그 후에도 고흐의 생활에서 과도한 사랑은 일상이 되었지.
　─아! 그랬군요.
　─그래서 사람들은 고흐 화가님을 이상하게 생각했지. 그러나 나는 화가께서 '**불쌍히 여길 자를 불쌍히 여기라**'는 가르침대로 살았다고 생각하지. 그래서 그분은 이성적으로는 전혀 매력이 없는 여인까지도 자기의 아내로 생각하며 그녀를 최선 다해서 사랑했지. 그러나 그분은 주위 사람들에게는 이해하기 힘든 분이었지. 그런데, 나는 너의 이모와 삼촌들이 고흐 화가처럼 사람을 만나서 결혼하려고 데려오면 크게 축복할 거야.
　─할아버지는 진짜 독특하시다는 엄마의 말씀이 진짜라는 생각이 지금 더 들어요. 왜 그렇게 생각하시는지 좀 더 설명해 주세요.
　─어떤 사람에게는 성적인 사랑 그 이상의 사랑이 있단다. 불쌍히 여기는 것만으로 결혼해서는 안 되지만, 어떤 사람은 그것만으로도 결혼할 수 있는 거야. 고흐 화가의 경우에는 연민만으로 상대방을 충분히 사랑할 수 있었던 거지. 나는 고흐 화가가 사랑한 창녀였다는 사람의 그림을 보면서 나도 모르게 마음에서 눈물이 흘렀지. 사실 나는 고흐 화가님의 마음을 충분히 이해하겠더라. 그녀를 보고서 불쌍히 여기는 것은 어쩌면 당연하다고 생각했지. 그런데 나라면 그녀를 고흐 화가님처럼 그렇게 사랑할 수 있었을까? 아니, 지금 내 앞에 그런 여인이 나타나면 나는 과연 전심으로 사랑할 수 있을까? 솔직히 너무도 불쌍해서 눈물은 나오지만, 나는 자신은 없었지. 그녀와 그녀의 딸을 사랑한다면 그녀의 남편

이 되고 아이의 아빠가 되는 것이 최선이지. 그러나 나는 그렇게 할 수 없음을 잘 알지. 왜냐하면, 나는 불쌍히 여기는 한 가지만으로 아내감을 찾는 것이 아니기 때문이지. 나는 그 이상의 것을 아내에게서 바라기 때문이지.

　-할아버지를 충분히 이해해요. 사실 저도 그러니까요.

　-솔직히 말하면, 나는 그런 사람을 보면 불쌍히 여기는 마음이 고흐 화가님보다 더 클지는 몰라도, 나는 아내가 될 사람에게 기대하는 것이 있기에 그녀를 아내로는 삼을 수 없지. 정말 솔직히 말하면, 아내에게 기대하는 것이 있는 나는 온전한 사랑을 할 수 없는 거지. 그러나 고흐 화가님은 내가 할 수 없는 온전한 사랑을 실천하셨던 거지. **온전한 사랑이란 상대방에게 어느 것도 기대하지 않고 모든 것을 주는 것**이기 때문이지. 그렇게 사랑하는 것은 정말 쉽지 않지.

　-그렇게 생각할 수도 있겠어요.

　-사실 나는 고흐 화가의 생각에 큰 문제가 있는 것이 아니라 고흐 화가의 사랑을 받았던 당사자나 고흐 화가 주위 사람들에게 진짜 큰 문제가 있었다는 생각이 든다. 부모들이 고흐 화가가 처음 사랑했던 여인과 결혼하도록 했다면, 그리고 부모들이 적절하게 도왔다면 고흐 일생이 달랐을지도 모른다는 생각이 들었다. 그 여인과 평생 부부로 살았을지도 모른다고 생각했지. 그랬다면 그 후에 그렇게까지 비참하게는 살지 않았으리라 생각했지. 다섯 명 여인을 사랑했지만, 단 한 명도 그분의 마음을 담을 수는 없었지. 그것이 가장 슬픈 거지. 나는 고흐 화가님 마음을 어느 정도는 이

해하지. 나도 한때는 내가 할 수 있는 모든 것으로 사랑했던 사람들도 있었으니까.

―할아버지도 사랑했던 여인들이 있었나요? 고흐 화가님처럼요?

―그분만큼 온전한 사랑은 아니었을지도, 내 나름대로 최선을 다해서 상대방을 행복하게 살도록 도우려고 했지. 사실 나는 어린 시절부터 모두를 형제자매로 생각하고 살았기 때문에, 타향에서 만나는 모든 사람도 그렇게 생각하며 살아왔지. 내가 만났던 사람 중에는 몇 명의 여인도 있었지. 나는 그 여인들을 온 맘을 다해서, 정말 최선을 다해서 사랑했지. 그러나 누구도 나를 진짜 이해하지는 못하더라. 어쩌면 그녀들은 내가 자신들을 이해하지 못했다고 생각할지 모르지. 아무튼, 그래서 요즈음 누군가 내게 지금도 기억나는 여인이 있느냐고 물으면 '단 한 사람도 없다'라고 대답하지. 사실 나는 여인들과 만나면서 알게 되었지. 사랑에 있어서 가장 중요한 것이 돈이라는 사실을. 나를 목숨을 다해 사랑한다고 접근했던 사람들이 나와 헤어질 때는 항상 이렇게 말하더라. '**사랑은 가난한 우리에게는 너무 비싼 사치품입니다.**'

―할아버지께서도 실연의 아픔이 있었군요. 지금도 힘드시나요?

―이미 말했지. 기억나는 여인이 전혀 없다고. 기억나는 여인이 없다는 것은 실연의 아픔도 완전히 사라졌다는 의미지. 사실 잊을 수 없는 사람이 있다는 것은 아픔도 여전하다는 의미지. 그런데 아무도 생각나지 않으니 아픔도 없지. 아무튼, 고흐 화가님의 사랑 방법은 신인의 사랑 방법이었다고 생각했다. 물론 그때도 지금도 그분의 사랑 방법을 보통 사람들은 전혀 이해할 수 없지.

―저는 아직 충분히 이해되지는 않지만, 할아버지 설명을 들은 후에는 고흐 화가님의 사랑 방법을 좀 더 이해하게 되었어요. 정말 할아버지의 설명은 새로운 것을 볼 수 있게 만들어요. 그래서 진짜 고마운 마음이 생겨요. 진심으로 고맙습니다.

―나는 고흐 화가님이 마지막 6번째로 사랑했다는 여인의 생애를 읽으면서 감동했지.

―궁금하네요. 어떤 내용인지 설명해 주세요.

―https://blog.naver.com/leespider/221079588367에 6명 여인을 자세히 설명해 놓고 대표적인 그림들이 있는데 마지막 6번째 만났던 여인을 이렇게 정리해 놓았다.

마르그리트 가셰

마르그리트 가셰는 죽기 전 70일 동안 자신을 돌봐 준 여인이다.

그녀는 의사 가셰 박사의 딸이었다. 정신병을 전문으로 하는 의사이면서 화가로 활동하기도 했던 가셰 박사는 반 고흐가 죽기 전까지 약 두 달 동안 그와 많은 교류를 나누었던 인물이다.

가셰 박사의 집에 초대받았던 고흐는 어느날 바그너의 탄호이저 서곡을 치고 있는 박사의 딸의 모습과 멋진 음악에 넋을 잃고 이 그림을 그렸다고 한다. 마르그리트는 평생 독신으로 살면서 이 작품을 자신의 침실에 40년 동안 걸어놓았다.

─아! 이 여인이 독신으로 사시다 가셨군요. 방에 그림을 걸어놓고 사셨다는 것도 이제 알았어요.

─나도 이 내용을 처음 알았을 때 충격이었고 또한 매우 흥분되었다. 사실 6번째 여인이 남은 생을 독신으로 살 때, 자신의 방에 이 그림을 걸어놓았던 이유가 정확히 무엇인지 나도 잘 모른다. 그런데 만약 이 여인이 고흐 화가님의 사랑이 영원하며 우주적인 신인의 사랑임을 알고 그 사랑에 감동해서 그렇게 살았다면 고흐 화가는 진짜 행복한 사람이었다고 생각하게 되었다.

─왜 그런 생각을 하셨죠?

─왜냐하면, 이 여인이라도 고흐 화가님 사랑을 어느 정도 이해했다고 생각되었기 때문이지. 한 사람이라도 고흐 화가의 사랑을 이해했으니까. 사실 세상에는 한 사람의 이해도 받지 못하며 세상을 떠난 사람들이 얼마나 많은지 모른다.

─할아버지는 그 한 사람이 있나요?

─글쎄다. 이미 말했지만, 나는 이성으로는 없다고 생각한다. 그래도 형제자매로 사는 사람들은 있다고 생각하며 산다. 그 사람들이 지금도 나처럼 형제자매로 생각하는지는 모르지만.

─이성으로도 있으면 좋겠어요. 할아버지처럼 멋진 남자를 사랑하는 여성분이 분명히 계실 거예요.

─우리 손자가 나를 멋진 남자로 생각하고 있다니 정말 고맙다. 그러나 할아버지는 멋진 남자가 아니란다. 사실 할아버지는 더 이상 남자도 아니란다.

─무슨 말씀이죠?

―잘 생각해 보아라. 사실 이순신 장군님도 할아버지처럼 사셨을지도 모른다. 난중일기에는 기록이 없지만, 소설 <이순신보물>에는 장군님 역시 나처럼 사셨다고 기록되어 있다.

―무슨 말씀인지 매우 궁금해요. 설명해 주세요.

이래서 저는 손자에게 소설 <이순신 보물> 안에 있는 <잊힌 이순신사랑> 부분을 좀 더 설명해 주었습니다.

―장군님께서 명량해전에서 승리하신 다음 우리 고향마을로 오셔서 '이순신사랑'을 주셨다는 점을 이미 말했지.

―그러셨죠.

―우리 고향마을로 오시기 전에 장양 항구에 큰 배를 대신 다음 진석 마을 뒷산에 올라 석양을 보실 때였다.

―그곳에서 장군님께서 석양을 보셨다는 내용을 몇 번 말씀하셨죠. 장군님께서 석양을 가장 좋아하게 된 이유도 이미 말씀하셨죠.

―장군님께서 진석 마을 뒷산에 올라 노을에 물든 부사만을 보시면서 4명에게 말씀하신 것이 소설 <이순신 보물>에 기록되어 있다. 지금 여자만으로 부르는 그곳이 부사만임을 잘 알지?

―부사만으로 부른 이유도, 그리고 여자만에 관해서도 이미 설명해 주셨기에 잘 알고 있습니다.

―아무튼, 장군님께서는 노을 품에 안겨 있던 부사만을 바라보면서 열선루에서 처음 보았던 노을 품에 안겨 있던 열선루 앞의 강물을 생각하고 있었지.

―아! 열선루 앞에 강이 있었군요.

―지금은 사라졌지만, 그때는 조그마한 강이 있었지. 사실 강처럼 크지 않고 시내였지만, 우리 고향에서는 작은 내조차 강이라고 말하는 이유는 겐지스강을 항상 생각했기 때문임을 이미 설명했기에 너도 잘 알고 있을 것이다.

―네 작은 시내도 '강가' 혹은 '갱가'라고 부른다는 점도 설명해 주셨습니다.

―장군님은 그 강가에 노을이 비췄던 그때 사랑하는 아내와 신혼을 보내고 있었던 때지. 결혼하고 장인 장모님에게 감사 말씀을 드린 장군님은 아내가 이렇게 말한 것을 들었지. '제가 가장 좋아하는 곳을 보여드리겠어요.' 이렇게 말했던 부인께서는 장군님을 열선루 위로 안내하셨지. 그리고 두 사람은 석양을 바라보고 있었던 거야.

―그때 장군님은 부인을 품에 안고 계셨나요?

―당연하지. 아름다운 노을 품에 안겨 있을 때는 자신도 모르게 사랑하는 사람을 안게 되어 있지.

―마치 할아버지 경험처럼 들려요.

―그때 보았던 아름다운 노을이 지금 부사만에서도 보였던 거지. 30년 전이나 지금이나 변함없는 노을의 아름다움에 장군님은 넋을 잃고 있었지. 그 순간 산언덕 밑에서 올라오는 한 여인이 있었지. 척 봐도 새댁처럼 보였지. 젊은 그녀는 산언덕 위로 올라와 장군님 옆에 서서 장군님께서 바라보고 계신 부사만을 하염없이 바라보고만 있었지. 장군님은 그렇게 하염없이 바라보고 있던 그녀가 궁금했지. 그래서 바다를 향했던 눈길을 여인의 얼굴로 향했

지. 그런데 그녀의 얼굴에서는 하염없이 눈물이 흐르고 있었지.

　-그 여인이 울고 있었다고요?

　-그랬지. 장군님은 그녀가 울고 있는 모습을 보는 순간 매우 궁금해졌지. 왜 저렇게 울고 있을까. 그래서 조심스럽게 물으셨지. '왜 그렇게도 슬피 우는지요.' 그랬더니 그녀가 아주 조심스럽게 대답했지. 무어라고 대답했을까? 우리 손자가 지금 상상하고 있는 것을 말해 줄래.

　-제가 어떻게 알겠어요. 저 아직 어려서 잘 몰라요. 그러니 어서 말씀해 주세요. 매우 궁금해요.

　-너의 상상이 전화상으로 전달되는데, 말하지 않겠다는 거지. 잘 알았다. 그녀는 장군님에게 이렇게 말했다. '제 남편이 지난번 칠천량 전투에서 세상을 떠나셨습니다. 제가 세상에서 의지했던 유일한 사람이었는데, 이제는 더 이상 의지할 사람이 없습니다. 제 남편은 결혼식을 올린 다음 가장 아름다운 곳을 저에게 보여주겠다고 말하면서 이곳으로 왔습니다. 그리고 저곳을 바라보며 저를 꼬오옥 안아준 다음 저를 등에 업고서 이렇게 말하던 것이 생각나서 오늘도 이렇게 여기에 왔습니다. 당신은 저 노을처럼 영원히 아름다워요. 너무나 고혹적인 바다 색깔처럼 당신의 눈빛이 최고 아름다워요. 이곳에서 당신을 업고 아름다운 노을을 영원히 바라보렵니다. 저곳을 바라보고 있을 때마다 남편이 저를 꼬오옥 안아주고 등에 업고 있는 것처럼 착각이 들기도 합니다. 이제 세상에 저를 안아줄 사람도 업어줄 사람도 없지만요. 사실 저는 전쟁 통에 고아가 되었는데 남편이 저를 사랑해 주었고 마침내 결혼까

지 했었습니다. 그러나 결혼한 지 한 달도 되지 않아 전쟁터로 가게 되었고, 칠천량 전투에서 세상을 떠나고 말았습니다.'

─아! 슬픈 여인이 되셨군요. 그래서 어떻게 되었나요.

─그때 장군님은 그녀를 꼬오옥 안아 주셨단다.

─그녀를 꼬오옥 안아주셨다고요? 처음 만난 그녀를요?

─그것만이 아니었지. 그녀를 등에 업고 노을을 함께 바라보았단다.

─아니, 그럼, 그녀의 남편처럼 하셨단 말씀입니까? 충격이네요. 어떻게 처음 만난 그녀에게 그렇게 할 수 있죠?

─너도 '남편처럼'이라고 생각하는구나. 보통 그렇게 생각하고 있지. 그런데 등에 업으셨던 장군님께서 그녀에게 이렇게 말씀하셨데. '오늘부터 내 딸이 되었으니, 이후에는 더 이상 그런 눈물을 흘리지 마라.'

─아니, 어떻게 그럴 수 있을까요? 전혀 이해되지 않아요.

─그런데 더 충격적인 사실이 있었다.

─무엇인데요.

─장군님 옆에 있던 4명 중 한 사람이 그녀를 그 순간에 사랑하게 되었단다. 눈물 흘리던 그녀의 모습이 너무도 고혹적으로 보였기 때문이지.

─뭐라고요? 누가 그녀를 사랑했죠?

─장군님의 서자 중 한 명이었다. 그는 그날 그녀를 우리 고향마을로 데리고 왔다. 물론 장군님께서 그렇게 허락하셨기 때문이다. 그리고 그 후 우리 고향마을에서 우리 조상들과 함께 사셨던 거

지.

　―너무 충격적이라 뭐라 말이 안 나와요. 어떻게 그럴 수 있죠.

　―나는 소설 <이순신 보물> 중 <부사만의 색깔>이란 소제목 안에 있던 이 내용이 생각날 때 마음으로 얼마나 울었는지 모른다. 사실 이 내용이 생각날 때 가장 먼저 떠오른 사람이 고흐 작가님이셨기 때문에 더욱 서글펐다.

　―매우 충격적이네요. 그래도 어느 정도 이해가 됩니다. 그런데 할아버지께서 말씀하셨던 내용이 아직 이해되지 않아요.

　―어떤 말?

　―조금 전에 이렇게 말씀하셨잖아요. '잘 생각해 보아라. 사실 이순신 장군님도 할아버지처럼 사셨을지도 모른다. 난중일기에는 기록이 없지만, 소설 <이순신보물>에는 장군님 역시 나처럼 사셨다고 기록되어 있다. 사실 할아버지 역시 장군님과 같이 살았기 때문이다.' 어떤 점이 장군님께서 할아버지처럼 사셨다는 의미죠?

　―처음 본 사람을 자신의 형제자매로 생각하며 사는 거지.

　―무슨 말씀인지 조금은 이해가 되지만 만족스럽지는 않아요. 자세히 설명해 주세요.

　―내가 어제 자정에 나의 자서전에 썼던 글을 보여주지.

　그때 대학교 복학하고 한 해가 지난 후였다.
　나는 수요기도회를 마치고 집으로 돌아가기 위해 버스정류장으로 가고 있었다. 그때 그녀가 내 앞을 가로막았다. 그리고 내 팔을 끌고는 자신과 함께 놀자고 말했다. 나는 무슨 의미냐고 물었다. 그녀는 자신이 몸을 파는 여인이라고 말했다. 나는 옆구리에

성경 찬송을 끼고 있는 것을 가리키며 '이런 사람인데 그런 말을 하나요?'라고 말했다. 그러자 그녀가 대답했다. '성경 찬송 끼고 다니는 사람들도 많이 놀러 와요.' 나는 충격이었다. 그리고 그녀의 팔을 뿌리치고 당시 거주했던 곳으로 가려고 버스에 올라탔다.

세월이 지났다.
"아저씨 놀다 가세요."
그녀는 나를 붙잡았다. 그때 나는 강남에 있던 한 교회에서 전도사로 섬기고 있었다. 그날은 일요일인데 청량리 지하철역에서 나와 버스로 바꿔타기 위해 버스정류장으로 가고 있었다. 그때, 어디에선가 나타났던 그녀가 내 팔을 잡고 말했다. 나는 그녀를 보았다. 3년 전에 광주에서 보았던 그녀였다. 사실 나는 다른 것은 기억하지 못해도 개별적으로 만난 사람만은 오랜 시간 후에도 기억하고 있다. 내가 그녀를 똑똑하게 기억한 것은 그녀가 내 생애 처음으로 내 팔을 잡고 '놀다 가세요.'라고 말했기 때문이기도 했다. 1984년도 9월에 내가 그녀의 팔을 뿌리칠 때 그녀에게 이렇게 말했기 때문에 더욱 잘 기억하고 있다. 내 옆구리에 있는 성경책을 보았던 그녀는 자신도 어린 시절 교회에 다녔다고 말했다. 나는 그녀에게 이렇게 말했다.
"그럼, 요한복음 8장에서 예수님께서 간음하다 잡힌 그녀에게 '더 이상 죄를 범하지 마라.'고 말씀하신 것도 잘 아시겠군요. 몸을 파는 것은 죄악이죠. 사랑하는 사이에만 나눠야 할 소중한 관계를 다른 사람과 하는 것은 커다란 죄악이죠."
내가 이렇게 말했을 때 그녀의 눈빛을 잊을 수 없다. 너무도 비참하게 보였다. 그 후 나는 그녀의 눈빛을 잊지 못하고 살아왔다. 내가 그때 그 비참한 눈빛을 바꿀 수 있는 아무런 노력도 하지 않았다는 죄책감으로 그때까지 살아왔다고 말할 수도 있을 것이다. 그런데 그때 청량리역 부근에서 그녀의 눈빛을 다시 본 것이다. 그녀도 나를 알아보았다. 나를 보는 순간 비참한 눈빛으로 변했다. 놀고 가라고 말했던 그녀는 나를 보는 순간 획 돌아서서 갔다. 나는 그 순간 그녀 뒤를 바람같이 따라가서 그녀의 팔뚝을 잡았다.

"아니, 아직도 이렇게 사시나요?"

"이 팔 놓으세요. 죄송합니다."

그녀는 내 팔을 뿌리치려고 했다. 나는 그녀에게 말했다.

"오늘은 당신과 함께 놀고 싶어요."

그녀는 나를 이상한 눈초리로 쳐다보았다. 그러나 나는 그녀가 손님을 접대하는 장소로 들어갔다. 그곳에 3만 원을 내고서 나는 그녀와 함께 대화했다. 물론, 그곳 주인은 내가 그녀와 성적 관계를 할 것으로 생각했다. 그래서 주인은 '즐기고 가십시오.'라고 말했다.

"저는 지금까지 누구에게도 제 마음을 다 보여드린 적 없었어요. 그런데 선생님에게는 제 마음을 다 보여드렸어요. 그리고 이렇게 성적인 요구가 아닌 자매로 저를 대해주신 분은 생애 처음이고요. 중학교 2학년 때부터 의붓아빠에게 성폭행당하면서 살다가 고등 3학년 때 가출한 이후 이렇게 살아왔는데, 오늘 처음으로 사람대접을 받았어요. 오빠처럼 아니 아빠처럼 저를 이렇게 진심을 담아서 꼬오옥 안아주시는 분은 처음이죠."

나는 그녀와의 대화 마지막에 그녀를 꼬오옥 안아주었다. 그녀의 고향이 어디며 또 그녀와 어떤 이야기를 나눴는지 자세히 기록할 수는 없다. 혹시 그녀를 사랑해서 결혼하여 지금도 다정하게 살고 있을 남편이 내 자서전을 볼 수도 있으니까.

"진심으로 고맙습니다. 이제 최선을 다해서 살아보겠습니다."

그녀는 그곳에서 나온 다음 내게 이렇게 말했다. 그녀와 마지막으로 만났던 그날을 잊을 수 없다. 그날은 내가 살던 홍릉 근처에 꽃들이 만발하고 있었다. 그녀는 내가 살고 있는 곳으로 와서 나와 함께 홍릉 안을 걸었다. 그때 나는 그녀가 백합을 가장 좋아한다는 사실도 알았다. 그 말을 들었던 그 순간 고등학교 졸업 시즌에 백혈병으로 세상을 떠났던 '란'이 생각났다.

"제가 60세가 되면 어떻게 해서든지 선생님을 찾아보겠습니다. 그때까지 건강하게 사시길 바랍니다. 그리고 저도 선생님을 위해 기도하겠습니다. 매일은 아닐지라도 생각날 때마다요."

그녀와 그렇게 헤어졌다. 그리고 그녀가 60세 되던 해에 나를 수소문해서 찾아왔다. 어떻게 찾았는지 물었더니 내 책들을 출판했던 출판사에 친척 동생이라고 말해서 전화번호를 알게 되었다고 했다.

"그때 선생님께서 저를 위해 주셨던 1천만 원은 지금 1억이 넘는 액수일 겁니다. 제게 1억은 없지만, 그래도 1천만 원은 드릴 수 있게 되었습니다. 이 돈으로 선생님께서 지금 가장 알리고 싶다는 <이순신사랑>을 출판하시길 바랍니다. 그때 선생님께서 결혼자금으로 모아두셨던 그 돈 때문에 제가 새로운 인생을 살 수 있었다고 생각할 때마다 선생님을 위해 간절히 기도했습니다. 그리고 선생님께서 제게 주셨던 결혼자금 때문에 사실 결혼을 늦게 하셨다는 사실도 알게 되었습니다. 그런데 오늘 이렇게 다시 만날 수 있어서 너무너무 행복합니다."

그렇게 말했던 그녀는 감사의 눈물을 흘리면서 갔다. 나는 지금도 1984년과 1987년 그리고 최근에 만났던 그녀가 보여주었던 그 눈빛을 지금도 잊지 못한다.

―아! 할아버지, 이제 조금 이해가 됩니다. 장군님께서 할아버지처럼 하셨다는 말씀이 무슨 의미인지. 그리고 다른 전도사님들은 30세 이전에 모두 결혼했지만, 할아버지께서는 30세가 넘어서야 결혼하게 되신 것도 결혼자금과 관계가 있음도 이제야 알게 되었습니다. 결혼자금으로 모아둔 돈을 그녀에게 줄 수 있었다니, 대단하셨다고 생각합니다. 저라면 그렇게 할 수 없었을 겁니다.

―우리 손자는 참으로 이해력이 좋구나. 사실 나는 고흐 화가님을 연구하면서도 그녀가 계속 생각났다. 그러면서 나는 고흐 화가님을 더욱 존경하게 되었다. 그분은 내가 할 수 없었던 온전한 사랑을 하셨기 때문이다. 만약 청년 시절 내가 고흐 화가님과 같이 생각하고 있었다면, 창녀였던 그녀와 결혼했을 것이다. 그러나 그때에는 고흐 화가님처럼 생각하지 못했다. 그러나 지금은 어쩌면 고흐 화가님처럼 살아갈 수도 있겠다 생각하고 있다. 그리고 장군님께서는 이미 화가님처럼 사셨다고 생각했다. 사실 결혼이란 가족이 되는 것이니까. 나는 몇 여인이 떠났던 후부터 나를 이성적으로 접근해 오는 사람들에게 이렇게 말하면서 살았다.

애인이 되려고 하지 마십시오.
목숨까지 주겠다고 맹세한 사람도
시간이 지나면 모두 변하던데요.
그러나 가족은 환경이 최악으로 변해도
조금도 변하지 않더라고요.
그러니 우리 가족이 되십시오.

사랑과 책임

 저는 2012년부터 지금까지 호두검의 가치를 알고 그것을 소중하게 보관하면서 이순신 장군님의 마음을 어느 정도 이해하며 살았습니다. 저는 지난 14년 동안 호두검을 보관하면서 '누군가를 사랑한다는 것은 자신의 책임을 감당하는 것'임을 더욱 절감했습니다. 저는 이순신 장군님을 사랑하고 있기에 지금도 호두검을 보관하고 있습니다. 제가 호두검을 보관하기 위해서 얼마나 힘들었는지 아는 사람은 아무도 없습니다. 어쩌면 이후에도 호두검을 보관하는 사람은 누구든지 책임감 때문에 저처럼 살지도 모르겠습니다. 그래서 신인께서 우리를 이 무거운 책임감으로부터 완전히 벗어나게 하시려고 호두검을 경매장으로 보내실지도 모르겠다는 생각도 하고 있습니다. 그러나 마음 한편에서는 호두검을 경매장으로 보내서는 안 된다는 장군님의 소리를 듣고 있습니다.
 이미 출판했던 <이순신눈물>에서도 호두검에 대해 대충 설명했습니다. 소현 세자의 호위무사였던 천혜 장군이 소현 세자가 죽자마자 청나라로 피신했음을 말씀드렸습니다. 이런 부분을 이미 읽으셨을 겁니다.
 호두검은 천혜 장군 손에 의해서 중국으로 옮겨 갔고, 그것이 나중에 건륭 황제에 의해서 황제의 보검으로 변했고, 더 나중에는 황제가 천혜 장군 사위 무심의 후손에게 진짜 왕처럼 살아야 한다고 준 것입니다. 즉 황제가 보검을 갖고 있는 사람은 누구든지 왕처럼 살라고 준 선물입니다. 그 뜻을 검집에 숫자로 새겨 놓았습니다. 천혜 장군과 그의 사위 무심은 청나라에 볼모로 잡혀갔던 소현 세자를 보필했었는데, 청나라에서 소현 세자가 죽은 다음 두 사람은 중국으로 도망을 가야만 했고 그곳에서 죽었습니다. 그런데 훗날 청나라에서 누군가 호도검을 갖고 우리 고향으로 찾아와 무심의 후손에게 주었던 것입니다. 제가 중학교 1학년 때 이런 내용을 소설 <이순신 보물>에서 보았습니다. 아무튼, 2012년 이후 10년 동안 호두검을 보관하기 위해서 얼마나 힘들었는지 모릅니다.

　제가 조금 전에 '누군가를 사랑한다는 것은 자신의 책임을 감당하는 것'임을 더욱 절감했다고 말씀드린 것이 무슨 의미인지 궁금하게 여기신 분들이 있을 것입니다. 제가 <이순신눈물>을 출판하기 직전에 기록해 놓았던 글입니다.

　제가 어떻게 보관했는지 작년 2024년에 큰아들에게 보검의 사진을 보여주면서 나눴던 대화를 보시면 잘 이해하게 되실 겁니다.

　- 지난 10년이 넘는 동안 이것을 보존하기 위하여 최선을 다했지. 사실 매우 힘들었지.

- 그래요? 어떤 노력을 하셨는지 궁금합니다.

- 내가 이것을 보존하기 위하여 사용한 돈만 해도 상당하지. 그 금액을 말하면 나를 잘 알고 있는 사람들은 나를 미쳤다고 말할지 몰라. 그렇게 어려운 경제에서 그렇게 많은 돈을 사용했다는 점을 이해할 사람은 거의 없을 거야. 아빠는 2011년부터 신용불량자가 됐었어. 그래서 아빠 이름으로는 아무것도 할 수 없었지. 이것을 내

이름으로 외국 보험회사에 보험을 들어야 했지만, 내 이름으로는 보험조차 들을 수 없어서 매우 힘들었어.
- 그렇게 어려웠던 시간을 저도 잘 알고 있습니다.
- 내 이름으로 보험조차 들 수 없었던 그때 나는 매우 가까운 친구 중에 신용도가 높은 몇 명에게 이것을 보관하기 위해 보험을 들어야 한다고 말하면서 대신 보험을 들어주라고 부탁했지. 물론 보험료는 내가 내겠다고 말했지. 그리고 친척 중에서도 매우 가깝게 지냈던 몇 사람에게도 말했지. 그러나 모두 난처한 표정을 지었어. 그래서 더는 다른 사람에게는 부탁하지 않았어.
 - 그럼, 보험 없이 지금까지 이것을 보관해 오신 거예요?
 - 아니지. 그래도 내가 그런 부탁을 몇 사람에게 했다는 사실을 들었던 한 사람은 내 사정을 알고 이것을 위해 보험을 들어주었지.
- 그런 사람이 있었어요? 누군지 고마운 분이네요.
- 그렇지. 친형처럼 여기는 그분에게는 연장자이기에 조심스러워서 부탁도 하지 않았는데, 그분이 자원해서 해 주었지. 형처럼 지냈던 그분은 자신의 이름으로 이것을 위해 보험 들었고 내가 10년 동안 보험료를 내왔지. 이것을 맡아준 외국보험회사에게도 감사하지.
- 보험료가 얼마인지 모르지만 수고하셨네요.
- 벌었던 돈도 없고 신인의 가족으로 살고 있는 분들의 후원금으로 살아야만 했던 내가 이것을 지키기 위하여 그 비싼 보험료를 내기 위하여 얼마나 애썼는지 몰라. 사실 내가 그 비싼 보험료를 낼 수 있었던 것도 기적이야. 지금 생각해 봐도 도저히 낼 수 없었던 그 많은 보험료를 지급할 수 있었던 것은 정말로 기적이야.

- 보험료가 얼마나 되었죠?
- 말하면 아들도 아빠를 이상하게 생각할지 몰라. 당시 호두검의 감정가가 300억 이상이었으니 상상해 보렴.
- 그렇게 높아요?
- 외국보험회사에서 감정할 때 사실 그 이상일 수 있다고 했는데, 내가 감정가를 낮춰서 그 정도의 가격에 맞도록 보험료를 내었던 거야. 아마 아빠가 10년 동안 고액의 보험료를 내었다는 사실을 형제자매나 친척들이 알면 나를 미쳤다고 야단이겠지. 그런데 가장 중요한 것은 그 많은 보험료를 매달 낼 수 있었다는 사실이지. 만약에 내가 이것의 보험료를 낼 수 없었다면, 내가 이것을 이미 팔아먹었을지도 몰라. 팔아서 그 돈을 어디엔가 사용했을지도 몰라. 물론 매우 효과적으로 사용했겠지. 그리고 그렇게 효과적으로 사용했다고 해서 지금도 그 효과가 더욱 커지고 있다고 말할 수는 없겠지. 가장 중요한 점은 이 보검을 팔아버렸다면 이 보검은 더 이상 우리 가문이나 우리 민족과는 전혀 상관없게 되겠지. 아무튼 매달 보험료가 생겼기 때문에, 이것을 오늘까지 이렇게 보존할 수 있게 된 거야. 나는 매달 보험료가 생긴 것이 기적이라고 생각해. 사실 매달 마음의 눈물을 흘리면서 간절히 기도했지. '신인이시여! 이번 달에도 천행이 필요합니다.' 10년 동안 매달 보험료 납부할 날짜가 다가오면 마음의 눈물을 흘리면서 살았기 때문인지 이제는 친인척의 장례식이나 친구들의 장례식에 가서도 눈물이 나오지 않아. 5촌 조카가 불의의 사고로 세상을 떠났을 때 모든 사람이 눈물을 흘리고 있는데 나 혼자 눈물을 흘리지 않고 있었지. 그러자 그 조카의

여동생이 내게 이렇게 말하더구나. '아제는 참 이상하네요. 이해할 수 없어요. 어떻게 그렇게 무덤덤하실 수 있으신지.' 사실 불의의 사고로 세상을 떠난 조카는 아주 어릴 때부터 나를 무척이나 따랐지. 특별히 가문 중에서 유일하게 내게 형의권과 영춘권을 배웠지. 그러니까 내 무술 제자이기도 했지. 그리고 수십 년 동안 매일 내게 안부 전화하는 유일한 친척이었지. 죽기 전날 저녁에도 '아제, 꼭 식사는 챙겨 드셔야 합니다.'라고 안부 전화를 했지. 그래서 마음에서는 대성통곡하는데도 눈물이 전혀 나오지 않더구나.
- 아빠의 고통이 오랫동안 너무도 심해서 그렇게 되셨군요.
- 이 보검을 보았던 가까운 사람들은 매우 쉽게 말하지. 이걸 팔아서 사용하면 될 텐데 왜 팔지 않느냐고. 내가 그렇게 말하는 사람들에게 이렇게 되묻지. '그렇게 말하는데, 그러면 이것을 얼마에 사겠어요?' 그러면 대부분 자신은 살 돈이 없다고 대답하지. 그런데 어떤 사람은 이렇게 말하더구나. '이것이 진짜입니까? 진짜인지 전문가로부터 감정은 받으셨습니까?' 내가 그 사람에게 이렇게 대답했지. '이게 진짜냐고요? 감정은 받았냐고요? 아니 이것이 진짜인지 가짜인지 감정도 받지 아니하고 보험회사에서 보험을 들어준답니까? 귀하께서 보험회사 직원이라면 보검들이 전시된 박물관에 가서 이 보검이 있어야 할 자리가 비어 있는지를 알아보지도 않고서 진짜 보검이라고 생각만 하고는 300억짜리 보험을 들어줄 수 있습니까?' 내가 이렇게 말하자 아무 말도 하지 않더구나. 사실 그 사람도 돈이 없어서 살 수도 없었지. 그 사람은 내게 3억에 팔면 살 수 있다고 말하더구나. 나는 그냥 웃고 넘겼지.

- 저는 아빠가 어떠신지 잘 알아요. 진짜가 아닌 것을 지금까지 그렇게 소중하게 보관하실 분이 아니시죠. 그리고 사실은 아빠만큼 검 분야에 있어서 전문가도 드물다는 사실을 제가 잘 알죠.

-아무튼, 아빠는 호두검을 보험 들어 놓은 다음 빈센트 반 고흐를 많이 생각했다.

- 무슨 말씀이죠?
- 그분의 고통과 그 고통의 산물인 그림들을 많이 생각했지. 특히 보험료를 납부해야 할 때가 되면 그분의 작품 중 <붉은 포도밭>을 항상 생각했지.
- 아빠, 무슨 말씀인지 설명이 필요해요.
- 만약에 고흐 작가님이 부자였다면 <붉은 포도밭>은 지금도 고흐의 박물관에서 그의 후손들이 보고 있겠지. 그런데 그분은 너무도 가난해서 그 작품 하나를 팔고는 세상을 떠나시게 되었지. 그리고 그 작품은 소련의 박물관에 있기에 그분의 후손들도 소련으로 가야만 그것을 볼 수 있게 되었지. 무엇보다 경제적인 결핍 때문에 고흐 작가님은 항상 마음조이며 살았지. 아빠는 항상 마음조이며 산다는 것이 무엇인지 너무도 잘 알지. 그것은 마음이 통곡하는 거지. 마음은 통곡하지만, 눈에서는 눈물이 흐르지 않는 거지.

-참 슬프네요.

-고흐 작자님이 권총으로 자살하려고 했던 것을 아빠는 충분히 이해하지.

- 아빠의 설명을 듣고 있으니 제 마음이 정말 시리네요.
- 아빠는 <붉은 포도밭>에 얽힌 이야기를 생각하면 마음이 저리지.

대화하는 지금도 마음이 저리지.
- 아빠 저도 아빠의 마음을 조금은 이해할 것 같아요.

  제가 큰아들에게 이야기한 <붉은 포도밭>에 관한 글을 인터넷에서 찾아보면 됩니다. 제가 인터넷에 있는 여러 글을 읽으면서 고흐 작가님이 경제적으로 참으로 힘들었다는 점을 다시 생각하면서 여러 생각을 하게 되었습니다. 제가 여러 생각을 하게 된 이유는 나중에 말씀드리겠습니다. 제가 <이순신보물>에서 고흐 작가님께서 유일하게 파셨던 작품을 소개했습니다. 책을 읽었던 사람 중에 고흐의 <아를의 붉은 포도밭>이 무엇인지 좀 더 자세히 설명하는 것이 좋다고 제안한 사람이 있습니다. 그림이 무엇인지 전혀 모르는 사람이 더 많기 때문이랍니다. 그 사람도 이전에 제게 '교수님은 고흐처럼 되지 않기를 기도하고 있습니다.'라고 말했습니다. 많은 사람이 잘 알고 있는 것처럼, 안나 보슈가 그림을 400프랑에 사주며 후원 활동을 했다는 사실은 잊을 수 없는 감격입니다. 안나 보슈가 사주었던 작품은 '붉은 포도밭'입니다. 이 이 작품은 1888년에 그려졌으며, 고흐가 살아있을 때 팔았다는 단 한 점의 유화로 알려져 있기에 매우 유명합니다. 이 그림은 지금 소련의 박물관에 보관되어 있는데 **보험 가격이 590억이랍니다. 인터넷을 검색해 보면 이런 내용을 잘 알 수 있습니다.**

  아무튼, 고흐 화가님은 평생 한 작품만 팔 수 있었습니다. 팔렸던 유일한 것은 바로 '아를의 붉은 포도밭'입니다. 화가님은 이 그림에서 넓게 펼쳐진 포도밭 사이로 농부들이 열심히 일을 하고 있고, 노랗게 불타는 태양이 흐르는 론강에 비쳐 붉은색과 노란색의 향연이 황홀하게 펼쳐지는 장면을 그렸습니다. 포도 수확 철인 10월에 포도 잎은 보통 푸른색이지만, 이 작품에서는 붉은색으로 그려져 있는 이유가 있답니다. 이는 19세기 말 진딧물의 일종인 '필록세'라로 인해 프랑스 농가의 포도 수확량이 감소했기 때문입니다. 필록세라는 병충해로 인해 포도나무 잎이 붉게 변하게 되는데, 이 때문에 고흐는 포도밭을 붉은색으로 그렸던 것으로 알려져 있습니다. 이 작품을 통해서 작가는 무엇을 말하고 싶었을까요. 특별히 색감을 통해서 무엇인가 나타내려는 의도가 있었을 것입니다. 그래서 평론가들은 화가께서 이 그림을 그린 시기는 그의 천재성이 절정에 달했을 때이므로, 붉은색은 그의 창의적인 에너지와 열정을 보여주기도 한다고 강조합니다. 또한 화가께서 마지막에 그린 그림 중 하나로, 그분의 고독과 슬픔을 반영하기도 한다고 평가합니다.

　이 작품을 사게 된 사람은 외젠의 누나인 안나 보슈입니다. 외젠은 고흐의 친구인데 그가 자신의 누나에게 고흐의 그림을 사주길 청했다는 이야기가 전해옵니다. 안나는 벨기에의 화가였으며 남동생 외젠 보슈도 화가였습니다. 보슈 집안은 부유했기에 경제적으로 부담이 없었던 안나는 무명의 고흐에게 이 작품을 400프랑에 구매하였고, 고흐가 사후에 유명해지자 그녀는 러시아의 사업가 세르게이 슈추킨에게 1만 프랑에 팔았답니다. 아무튼 지금 '붉은 포도밭'은 러시아의 푸시킨 박물관에 잘 보존되어 있는데, 보험 가격이 590억 원이랍니다.

　예술 발전을 강조한 분들은 안나 보슈와 같이 미술을 사랑하며 예술가들을 후원하는 사람들이 현재의 미술 발전에 큰 도움이 되고 있음을 주목합니다. 그들은 지금도 예술가들을 지원하는 최고 방법은 그들의 작품을 사주는 것이라고 강조합니다. 그런데 현실적으로 예술가를 지원하는 것보다는 투자 혹은 투기 혹은 절세 방법 혹은 허세로 예술품이나 골동품을 사는 경우가 많습니다.

저는 보석을 공부하는 동안 저희에게 열정적으로 강의했던 선생님께서 말씀하신 문장을 그 후 잊지 않고 곱씹으며 살고 있습니다.
"대부분 보석을 사는 것은 허세를 위한 것입니다. 대부분 이미 많은 보석을 자신 사람들이 또 보석을 사는데 허세 때문입니다."
저는 우리가 갖고 있는 보석은 허세보다는 진정한 아름다움을 위해서 그리고 전인격적인 치유를 위해서 매매되길 지금도 기도하고 있습니다. 부자들만 아니라 보석이 필요한 서민들에게도 우리의 보석이 판매되길 간절히 기도하고 있습니다.
사실 보석의 가격은 너무 높게 책정되어 있습니다. 모든 보석 중에서도 다이아몬드가 최고 높게 책정되어 있습니다. 그래서인지 제가 아는 사람 중에서 다이아몬드를 보았다는 사람은 5명도 되지 않았습니다. 가장 놀라운 점은 다이아몬드 전문가란 사람들도 금강석이 무엇인지 아는 사람은 단 한 명도 없었습니다. 카보나도 다이아몬드 대부분이 검정 금강석임을 아는 사람이 단 한 명도 없다는 사실조차 아는 사람도 없습니다. 그러니 금강석이 무엇인지를 어떻게 알 수 있겠습니까?
아무튼, 보석도 거품이 빠져서 서민들에게도 쉽게 전달되길 간절히 기도하고 있습니다. 특히 치유에 가장 뛰어난 우리의 보석들이 최적으로 판매되길 간절히 기도합니다. <이순신 보물>에서는 너무 작은 글씨라 무엇인지 알 수 없다는 소리를 들었던 부분을 보시면 우리의 보석과 치유 관계를 잘 이해하게 될 것입니다.

최고의 치유력

- 금강석(나노 다결정 카보나도 다이아몬드 원석)은 치유에 매우 탁월합니다.
- **땅 위에서 발견된 다결정 금강석에는 전도체가 되는 자유 전자가 있어서 최고의 에너지를 전달하고 최고의 치유력을 발휘합니다.**
- 저도 개인적으로 지금도 치유를 경험하고 있습니다. 저와 가족과 같이 살아가는 몇 명의 지인도 치유 경험이 있습니다.
- 특별히 저와 가까운 한 분은 전에는 밖에 나가 돌아오면 쉽게 피곤해 하셨습니다. 하지만 2024년 9월부터 원석을 가슴에 품고 다니면서 에너지를 공급받아 살기에 '피곤이 사라진다'라고 어제도 제게 전화했습니다.
- 오랫동안 규칙적으로 사용하면 반드시 치유의 효과를 경험합니다.

2달 전에 보석 치유 전문가이신 분을 만났는데, 그분이 이렇게 말씀하셨습니다.

"다이아몬드는 너무 기가 세서 그것을 품에 안고 걸어가는 사람은 다섯 걸음도 걷지 못하고 꼬꾸라져서 죽는다는 말이 있습니다. 그래서 저희는 다이아몬드로 치유를 시도해 본 적도 없습니다."

저는 이 말을 들으면서 깜짝 놀랐습니다. 왜냐하면, 소설 <이순신 보물>에 기록된 내용이 생각났기 때문입니다.

"고대 왕들은 자신들만 금강석을 사용하기 위해 여러 가지 말을 만들었다. 그중에서 하나가 이것이다. '**금강석은 너무 기가 세서 그것을 품에 안고 걸어가는 사람은 다섯 걸음도 걷지 못하고 꼬꾸라져서 죽는다.**' 이 말은 금강석을 훔치려는 자들을 막기 위해 만든 말이었다. **그러나 사실 금강석을 품고 죽었던 사람은 아무도 없었다.** 어떤 사람은 죽었다고 무덤에 묻혔는데, 그 무덤에서 살아나서 무덤을 두드렸다. 그 사람이 금강석을 품고 있었는데, 사람들은 그 사람이 금강석 때문에 다시 살 수 있었다고 생각했다."

저는 지금도 간절히 기도합니다. 조상들 얼과 마음이 스며있는 호두검과 소중한 보석들만은 외국의 경매장에서 팔려 나가지 않기를. 조상들 때문에 우리 후손이 이렇게 살 수 있게 되었으니, 조상들이 소중하게 여긴 것들을 끝까지 보존하고 싶습니다.

저는 소설 <이순신 보물>을 보면서 장군님 생애를 통해서 사랑하는 것만큼 책임지는 것이 무엇인지를 잘 알았습니다. 그래서 저도 제게 맡기신 여러 귀중품을 보관할 책임자로 최선을 다하려고 합니다. 사실 제게는 너무 벅찬 일이지만, 그래도 책임자로 최선을 다하려고 합니다.

제가 2,000시간 이상 금강석을 연구해 왔다고 거듭 말씀드렸는데, 그 이유는 금강석에 관해서만은 제가 전문가라는 점을 강조하기 위함입니다. 사실 **금강석이 왜 그렇게도 치유 효과가 높은지를** 아는 사람은 거의 없습니다. 그 이유는 <u>**금강석이 방사선 효과를 내기 때문**</u>이라고 금강석 연구가들이 인터넷에 썼습니다. 방사선 효과가 무슨 의미인지 잘 아실 것입니다. 맞습니다. 암 치료 때 사용한 방법입니다. 암 치료에 사용하는 방사선은 인위적이기 때문에 정상세포에도 영향을 주기에 정상세포도 손상을 입습니다. 그러나 금강석에 있는 방사선 효과는 자연적이기에 인체에 전혀 해가 없다고 합니다. 아무튼, 저는 항상 금강석을 몸에 지니고 살아가고 있습니다. 그리고 날마다 점점 건강해지고 있습니다. 지난 4월과 5월 두 달 동안 하루 16시간씩 책상에 앉아 이렇게 글을 정리할 수 있는 것도 기본적인 영양소 섭취와 금강석 덕분이라고 생각합니다.

　－그런데 할아버지, 매우 고혹적인 눈을 가졌다는 그분과는 지금도 연락하시나요?
　－아니다. 그 사람도 시간이 지나니까 떠나가더라. 사실 그 사람이 떠난 다음부터 이 말을 강조하기 시작했지.

　애인이 되지 말고, 가족이 되세요.
　우리 가족은 영원한 사랑으로 살아가요.
　저희와 가족이 되어 서로서로 사랑해요.
　서로서로 사랑하기에 함께 책임을 다해요.

　－할아버지께서 그분에게서 받았던 글을 읽고 너무너무 좋아하셨을 때 그분만은 영원한 사랑의 주인공이 될 수 있을 것 같다고 생각했어요. 그런데 그녀와도 단절되었다니 마음이 아픕니다. 왜 단절되었죠?
　－글쎄다. 부족해서 그러겠지. 기대하는 것이 내게는 없으니까.
　손자가 말한 글이란 그녀가 보내준 이것입니다.

고혹적인 부사만 색깔

지금 무엇을 하고 계실까?
일어나 지금까지 행복하실까?
내 마음에는
지금도 그리움의 강물이 흐르네.
그때 사라져 버렸던 그리움이
시내가 되었고
강물이 되었네.
언제부터인가
한 사람이 운명을 바꿔 놓았네.
그 한 사람 때문에
매 순간 강물 소리를 듣네.
그리움의 강물 소리를.

정오에 그분이 보낸 글을 보자 그분은 지금 무엇을 하고 있을까 너무도 궁금해졌다.
-지금 무엇하고 계시죠?
내가 이렇게 문자를 보냈다. 그랬더니 이렇게 답이 왔다.
-한 사람을 그리워하는 강물이 흐르는 소리를 듣고 있습니다.
나는 그 한 사람이 누구인지 잘 알고 있지만 능청스럽게 이렇게 물었다.
-그 사람은 누구죠?
-그 사람은 누구인지 말할 수 없어요.

―왜요?
―말하면 그 사람이 수증기로 변해서 날아가 버릴지도 몰라요.
―그 사람이 날아가 버릴까 두려워서 말 못하신다는 건가요.
―그래요.
―그럼, 선생님의 마음에 그리움의 강물을 흐르게 하는 장본인이 누구인지 선생님 외에는 알 수가 없겠군요.
―아닙니다. 제 마음에 그리움의 강물을 흐르게 만든 그 주인공도 잘 알고 있습니다.
―아! 잘 알았습니다. 무더위에 건강 챙기시고 좋은 오후 되십시오.

내가 이렇게 문자로 인사를 하자 그분은 잠시 후 이런 글을 보내주었다.

―지금 인터넷에 올라와 있는 영화를 틀어놓고 있어요. 주인공은 늙어서 퇴직한 사람인데 삶의 의미를 상실하고 자살하려고 대들보에 밧줄을 달고 있어요. 지금 자살하려고 밧줄 사이에 목을 집어넣었어요. 그런데 밧줄이 끊어져 버리네요. 바닥에 떨어진 주인공이 과거를 회상하기 시작하네요. 자신과 아내가 어떻게 만나게 되었는지를 보여주는 장면이 나오네요. 주인공의 아내가 기차를 타기 직전에 소설책을 떨어뜨리고 마네요. 그 책을 집어 들고 기차에 오르는 주인공은 그녀를 보자 멍하니 쳐다보네요. 직감적으로 첫눈에 반했음을 알 수 있네요. 마치 내 마음에 그리움의 강물을 만든 그분처럼 어여쁜 여인이네요. 아니, 사실은 그분보다는 조금 덜 어여뻐요. 그거 아세요? 내 마음에 그리움의 강물을 흐르게 만든 분은 너무도 고혹적인 분임을. 그분은 세상에서 최고 고혹적이셔요.

나는 '고혹적'이란 단어가 무엇을 의미하는지 어느 정도 짐작은 하고 있지만, 그 의미가 정확히 알고 싶어 단어 검색을 했다.

고혹적 뜻—정신을 못 차릴 정도로 아름답거나 매력적인

내가 '고혹적'이란 단어를 찾고 그분의 마음이 '지금은 어떨까?' 생각하고 있을 때 또 문자가 왔다.

—다시 주인공이 그녀를 만났던 장면을 회상하네요. 두 사람이 식당에 들어가 맛있는 것을 먹으며 대화하네요. 주인공이 그녀에게 차와 기계를 좋아하고 있다면서, 그 이유를 설명하네요. 주인공 아버지가 가르쳐주셨는데, 주인공이 어릴 때 저세상으로 떠나셨다고 말하네요. 그리고 주인공은 그녀를 속였던 부분이 있다면서 그 부분을 말하며 그녀에게 마지막 작별 인사를 하고 식당을 떠나려고 하네요. 그런데 그녀가 주인공의 손을 잡네요. 그리고 그에게 지금 키스하네요. 식당에 있는 모든 사람이 손뼉을 치며 축하하네요. 지금 영화의 주인공처럼 저도 너무도 고혹적인 분과 키스하고 싶네요. 그분에게 최고 달콤한 키스라면 얼마나 좋을까 생각하고 있어요. 사실 아름다운 곳에 있던 그 식당에서 음식을 먹으면서 그분에게 제가 이렇게 질문했을 때 그분과 키스하고 싶었어요. '이 세상에서 가장 달콤한 것이 무엇이었죠?' 그때 그분이 제게 이렇게 대답했을 때 정말 너무나 놀랐어요. '키스였어요!' 나도 그때 가장 달콤한 것이 키스였다고 생각하면서 물었기 때문이죠.

누군가에게 지금도 이런 대화를 하고 싶다. '당신은 키스가 가장 달콤하다고 생각하나요? 나는 최고 달콤하게 키스한 대상은 누구인지 말할 수 없지만, 그때의 키스가 생애 가장 달콤했다고 솔직하게 말할 수 있어요.' 그 식당에서 그분은 내게 세상에서 가장 달콤한 것이 무엇이었는지 물었다. 내가 키스가 가장 달콤했다고 말했다. 그리고 너무도 깜짝 놀랐다. 왜냐하면, 그분이 이렇게 말했기 때문이다. '저도 키스였어요.' 세상에 나처럼 키스가 가장 달콤했다고 말한 사람을 처음 만났다. 나는 그분에게 '그때 너무도 위로가 필요했을 때였는데, 그 키스가 저를 위로했어요.'라고 말했다. 그런데 잠시 그분이 경험한 키스는 어떤 것이었을까 궁금했다. 그분도 수많은 키스를 했을 텐데, 언제 어느 분과의 키스가 가장 달콤했을까? 지금도 조금은 궁금하다. 솔직히 그때 몹시 궁금했지만, 묻지 않았다. 지금 또 문자가 온다.

―지금 주인공이 선로에 뛰어들려고 하네요. 그런데 그 옆에 있는 사람이 선로에 떨어지고 마네요. 아무도 그 사람을 구하려고 하지 않네요. 주인공이 그 사람을 구하는 영웅이 되었네요. 자살하려는 장소가 영웅이 되는 장소가 되었네요.

'자살'이란 단어 때문에, 그분이 기록하신 그분 제자분의 경험이 생각난다. <행복한 이혼식>에 있는 말이다. '지금까지 세상에 살면서 자살하고 싶다고 생각할 때가 있었습니다. 사실 그때 매일 밤 자살하고 싶었어요. 새벽 4시까지 잠들지 못하도록 괴롭힘을 받았던 그때는 정말로 자살하고 싶었어요. 그런데도 자살할 수 없었습니다. 아이들을 자립시킬 때까지는 자살할 수도 죽을 수도 없었습니다. 매일 밤 저를 괴롭혔던 사람을 죽이고 싶었습니다. 그러나 죽일 수도 없었습니다. 살인한 다음에는 아이들을 보살필 수 없으니까요.' 나는 그분 제자분이 한 사람 때문에 자살과 타살을 셀 수 없이 생각했다는 말을 곱씹어 보았다. 사실 나는 이 나이가 되도록 자살을 생각해 본 적 없었다. 나는 지금까지 내가 생각한 그 이상으로 탄탄대로였으니까. 내게 그분이 가장 해 보고 싶은 것이 무엇이냐고 물었다. 그때 내가 이렇게 대답했다. '비즈니스로 치열하게 사는 경험을 해 보고 싶어요. 단 한 번도 비즈니스 계통에서 치열하게 살아본 적 없었거든요.' 그러자 그분이 내게 이렇게 말했다. '그냥 이대로 사십시오. 회장님은 그냥 가만히 있어도 돈이 들어오게 될 분이니까요.' 그분은 나를 회장님이라고 부른다. 방금 또 문자가 왔다.

-외로운 주인공에게 집 없는 고양이 한 마리가 찾아왔네요. 고양이를 상자에 담고 주인공이 찾아간 곳은 그녀 무덤이네요. 아! 가슴이 아프네요. 사랑하는 사람을 먼저 보내야 했던 주인공의 아픔을 생각하니까. 지금 사랑하는 사람이 누워 있는 곳에서 중얼거리네요. '아직도 못 가고 있어. 잠시 기다려. 곧 그냥 갈게.' 이렇게 말했던 주인공은 다시 집으로 돌아와 침대에 고양이와 함께 누워 있네요. 창밖에 눈이 내리네요. 아침이 되어도 눈은 계속 오네요. 무더운 여름에 눈이 내리는 장면을 보니 조금은 시원하네요. 지금, 이 시각 그 식당에서 맛있는 음식을 함께 먹고 있다면 얼마나 좋을까 생각하네요. 키스는 함께 나눌 수 없지만, 음식은 함께 나눌 수 있는 분이 내 생애에 있다는 사실 때문에 참으로 감사하며 살아가네요. 사실 키스도 나누며 살 수 있다면 얼마나 좋을까 자주 생각해요. 생애 가장 달콤한 키스를 만들 수 있는 우리가 될 수 있다면 얼마나 좋을까 정말로 자주 생각해요. 그리고 '내가 이런 생각을 하고 있음을 그분이 알아차리고 그분이 저를 떠나가면 어떻게 할까?' 생각도 해요. 그리고 제 생각이 그분에게 들키지 않기를 기도해요. 세상에서 모든 사람을 다시는 만날 수 없다고 해도 그분만은 죽음이 찾아오는 순간까지 만나며 살고 싶어서죠. 저는 잘 알고 있어요. 사랑하는 사람을 생애 한 번만이라도 볼 수

만 있어도 얼마나 큰 복인지를.

 나는 그분이 나와 키스하고 싶어 한다는 점을 그 식당에서 알아차린 것은 아니었다. 그런데 이제는 그분이 나와 키스하고 싶어함을 분명히 알고 있다. 갑자기 이런 생각을 한다. '그분은 과거의 달콤함을 다시 맛보고 싶어서 나와 키스하려고 할까, 아니면 진정으로 나를 최고 고혹적인 여인으로 생각하기 때문에 키스하려고 할까.' 사실 나는 남자가 무엇인지 조금은 알고 있다. 모든 남자가 그런 것은 아니지만, 남자 대부분은 여자를 쾌락의 대상으로 생각하고 있음을. 물론 그분은 그런 '대부분의 남자 집단'에 속하지 않으리라 생각하지만, 그분도 남자이기에 조금은 나를 그런 대상으로 생각하고 있는지도 모른다. 어쩌면 나와 키스하고 싶은데도 하지 않는 것은 나를 진짜로 존경하기 때문일지도 모른다. 그분이 이렇게 말했던 것이 바로 지금 생각난다. '사실 과거에 어떤 사람이 사랑한다고 고백할 때 그 사랑하는 사람과 죽음의 순간까지 함께 갈 방법만 생각해 왔어요. 사랑하는 사람을 가장 행복하게 해주는 사람으로만 살고 싶었어요. 그런데 그 사람이 제가 가난하다고 이렇게 말하면서 떠났어요. 가난한 사람들에게 사랑은 사치랍니다. 그녀도 가난했어요. 매일 노동을 해야만 먹고 살 수 있었는데, 2년 동안 제 옆에서 지내면서 노동했는데, 지치고 말았던 겁니다. 그녀는 제게 죽는 순간까지 옆에 있겠다고 약속했지만, 더는 힘들다고 말하면서 떠났어요. 그녀에게 노동하지 말고 그냥 옆에만 있으라고 했어요. 그때 적은 제 수입으로도 두 사람은 살아갈 수 있었어요. 그런데 그녀는 저축해서 모은 돈을 가지고 더 좋은 환경을 이루어 저를 더욱 행복하게 만들고 싶다면서 식당에서 일을 했어요. 아무튼, 지금도 저는 제가 할 수 있는 모든 것을 다해서 사랑하는 사람을 마지막 순간까지 보며 살고 싶어요. 임종 순간에 유언하고 싶고, 그분의 유언을 듣고 싶어요. 그분을 가장 존중하며 살고 싶어요.' 그분의 말을 생각하는 지금 또 문자가 온다.

　―지금 영화를 보면서도 제가 최고 고혹적인 분을 만나서 새롭게 생각하게 된 점을 곱씹고 있어요. 진짜 구원에 관해서요. 누가 진짜 구원자인지 관해서요. 주인공이 고양이를 구원한 것이 아니라 고양이가 주인공을 구원하고 있다고 생각하고 있어요. 사실 그때 너무도 깊이 감사했어요. 지금까지도 그분에게 진심으로 감사하고 있어요. 지난 30년 동안 제가 잘못 생각해 왔음을 알려줘서 진심으로 감사하고 있어요.

　그분이 30년 동안 생각해 왔던 것이 무엇인지 궁금할 것이다. 방금 도착한 문자를 읽은 다음 설명하겠다.

　―주인공이 또 자살하려고 엽총을 목에 대고 있네요. 상상의 그녀가 나타나 속삭이네요. '힘든 것 알아. 화나는 것도 잘 알아. 나도 그러니까. 그러나 살아야 해.' 그녀의 속삭임을 들을 때에 문 두드리는 소리가 나네요. 엽총을 천장으로 쏘고 문 두드렸던 청년을 맞이했던 주인공은 아침 태양을 보고 난 다음 잠에 빠지네요. 일어나 보니 청년이 달걀로 부침해 놓고 커피를 따라 주네요. 고양이가 밥 먹는 장면도 보이네요. 외로운 주인공에게 한 청년이 찾아왔네요. 청년은 과연 주인공과 어떻게 살아갈지 궁금하네요. 인생이 가장 힘들 때 찾아오는 사람이 있음은 큰 복이죠. 그런가 하면 인생이 가장 기쁠 때 찾아오는 사람이 있음도 큰 복이죠. 마음에 넘치는 기쁨을 함께 나누고 싶은 사람이 선물로 주어진다는 것은 정말 큰 복이죠. 사실 제 생애 최근처럼 기쁨이 넘치는 때는

없었어요. 그분을 만나기 훨씬 전부터 수년 동안 넘치는 기쁨을 누구와 함께 나누고 싶었어요. 그러나 그런 사람이 없을 거라고 완전히 포기하고 살아왔어요. 그런데 꿈에서도 상상조차 하지도 못했던 마음껏 나눌 수 있는 분을 만났어요. 그분과 항상 만날 수는 없지만, 그분과 함께 잠들고 일어날 수는 없지만, 그분에게 언제나 마음을 보낼 수 있음을 진심으로 감사하고 있어요. 일어나 지금까지도 그분을 위해 기도할 수 있으니 정말 표현할 수 없을 정도로 감사하고 있어요. 제 이런 마음을 아시는 그분은 제게 이렇게 말할 거예요. 작은 선물을 전달했을 때 했던 그 말을 또 하겠죠. '저는 주는 것이 없는데 이렇게 받기만 하니…….' 그분은 이미 제게 너무도 많은 것을 주셨어요. 가장 큰 것은 '새로운 관점'이었어요. 지난 30년 동안 고정되어 있던 관점이 새롭게 되었거든요. 저는 관점이 새롭게 되는 것은 기적임을 잘 알아요.

"구원받은 사람은 여자가 아니라 남자라고요?"
 내가 이렇게 말했을 때 그분은 깜짝 놀란 표정을 하면서 대답했다. 내가 그렇게 놀란 표정을 하고 대답했던 사람을 최근에 본 적이 없다. 그때 그분의 놀란 표정을 평생 잊지 못할 것 같다.
"그렇죠. 여자를 자신의 만족을 위한 도구로 생각하며 살았던 남자의 생각이 변화를 받았으니까 진짜 구원받은 사람은 남자죠."
"정말 그렇게 말씀하시니 정말 그러네요. 왜곡된 생각으로 살았던 남자가 자신의 문제가 무엇인지 발견하고 새롭게 살게 되었으니 진짜 구원을 받았네요."
"제 말이 맞죠."
 이 대화는 며칠 전 우리가 나눴던 거다. 그분과 함께 아름다운 그곳에서 식사하고 집으로 돌아오는 차 안에서 나눈 대화였다. 그분은 1990년의 <귀여운 여인>(Pretty Woman) 영화를 처음 볼 때 충격이라고 말했다.

"왜 충격이었죠?"

"사장이 창녀와 결혼하게 되었다는 사실 때문입니다. 그런데 나중에 이런 생각을 하게 되었습니다. '그렇게 창녀를 구원할 수 있는 것은 진짜 특별한 의미가 있는 생이다.' 그 후 저는 창녀를 구원시킨 남자 주인공처럼 나도 살아야겠다 생각했습니다. 물론 제가 그 남자 주인공처럼 사장은 아니지만 말이죠. 사실 요즈음은 출근하는 직장도 없이 지내고 있으니 조금은 의기소침하지만, 그래도 그때 품었던 생각의 끈은 잡고 살고 있습니다."

"그런데 남자가 창녀를 구원시켰다고 생각하십니까? 저는 그 반대라고 생각합니다."

"네? 구원받은 사람은 여자가 아니라 남자라고요?"

"그 남자를 구원시킨 것은 사실상 여자 주인공이죠."

"좀 더 자세히 설명해 주시길 바랍니다."

그때 나눴던 대화를 생각하고 있는데 문자가 온다. 문자에는 저를 나를 '그분'으로 기록한다.

-창녀 여주인공이 사장 남주인공을 구원시켰다는 말을 들었던 그때부터 지금까지 그분을 만난 것을 얼마나 감사하고 있는지 모릅니다. 저에게 진짜 구원이 무엇인지를 새롭게 정리할 수 있도록 도왔기 때문입니다. 어쩌면 제 생각을 구원시켰는지도 모릅니다. 지금까지 경제적인 부자인 남자 주인공이 창녀인 여자 주인공을 구원시켰다고 생각하며 살아왔던 30년을 되돌아보았습니다. 어쩌면 그동안 저도 모르게 경제적인 관점으로만 구원을 생각했는지

도 모릅니다. 저는 '진짜 구원은 돈보다 더 귀한 것으로만 가능하다.' 이렇게 가르치며 '누군가를 구원시킨다는 것은 그 사람에게 온 마음을 주는 것'이라고 강조해 왔습니다. 사실 어린 시절부터 저는 '돈 신을 섬기는 현실 세계에서 적어도 나만은 그렇게 살지 않으리라'라고 다짐하며 살아왔습니다. 그래서 '나는 돈이 가장 위대한 신이라고 생각하는 사람들처럼 절대로 생각하지 않는다.'라고 확신하며 살아왔는데, 그분의 말씀을 들으며 나 자신도 돈 신을 섬기는 사람들처럼 생각하고 있는 부분이 있음을 발견하고 깜짝 놀랐습니다. 사실 제가 잘못 생각했던 그 부분이 바로 그분에 의해서 구원을 받았던 거죠. 정확히 말하면 그날 그곳에서 그분에 의해서 내 생각 역시 구원을 받은 거죠. 아무튼, 창녀인 여자 주인공이 사장인 남자 주인공을 구원시켰다는 사실을 알게 되어 너무도 기쁩니다.

 나는 지금 그분이 내 생애 어떤 의미인지 잠시 생각해 본다. 내가 그분의 생각 일부분을 구원시킨 장본인이 되었다니 얼마나 기쁜지 모른다. 당신 역시 나와 같은 경험이 있을 것이다. 당신도 한마디 말이 누군가의 가슴을 요동치게 만들고 그 사람의 마음 정원을 더욱 아름답게 만들 수 있다는 사실 때문에 기뻐한 경험이 있을 것이다. 특별한 의미를 담고 했던 말이 아니었는데 그 말이 그 사람의 마음 정원에 아름다운 꽃으로 피어난다면 기적이라고 생각한다. 지금 또 문자가 온다.

 -주인공이 세상을 떠났습니다. 자살이 아니라 자연사입니다. 정확히 말하면 질병으로 세상을 떠나게 되었습니다. 심장이 너무 커져서 죽었답니다. 유서를 본 건너편에 사는 젊은 여인이 눈물을 흘리네요. 유서에는 고양이가 좋아하는 것이 무엇인지, 고양이를

존중해 달라고 기록해 놓았습니다. 또 모든 재산을 울고 있는 여인에게 남긴다고 기록했습니다. 그분을 만나지 못했다면 새로 산 밴과 집 등 모든 것을 유산으로 받은 여인이 경제적 구원을 받았다고 생각했을 것입니다. 그런데 이제는 세상을 떠난 주인공이 앞집 여인을 만나서 구원을 받았다고 생각하게 되었습니다.

주인공이 젊은 청년에게 자신이 타고 다니는 자가용을 선물을 주는 장면을 보면서도 그분이 가르쳐주었던 관점으로 보게 되었습니다. 이전에는 그 청년이 자가용 없이 살았던 과거의 불편함으로부터 구원을 받았다고 생각했을 겁니다. 그러나 이제는 주인공이 청년을 만나서 자신의 자가용이 구원받았다고 생각했습니다. 주인공이 세상을 떠난 후에도 자가용은 청년으로부터 지극한 사랑을 받게 될 것이기 때문입니다. 무엇보다 감동이었던 장면은 주인공이 새로운 밴을 사고는 앞집의 아이들을 태운 다음 여행 가기 직전입니다. '이런 것이 사람답게 사는 거지.' 주인공 앞집에 이사 온 가난한 여인이 주인공을 구원시켰던 것입니다.

주인공 앞집에 우연히 이사 왔던 가난한 젊은 부부. 집 없이 떠돌아다니다가 집 앞에 온 고양이. 신문을 돌리다 대화의 상대가 되었고 나중에 초인종을 누르며 집 안으로 들어왔던 청년. 주인공에게 일어난 그 모든 것은 결코 우연한 것이 아니었던 겁니다. 그 모든 것은 생의 의미를 상실하고 우울증으로 지내며 자살만을 생각하고 있었던 그 주인공을 구원시키기 위한 신인의 선물이었던 것입니다. 지금 저는 내 마음 정원에 행복한 꽃이 피어나게 한 그분이 제게 최고의 선물이라는 생각을 하고 있습니다. 그분은 '세상에는 내 마음을 편하게 해 주는 사람이 없을 것'이라고 단정하고 어떤 사람에게도 더는 내 마음을 주지 않으리라고 다짐해 왔던 제 생각을 새롭게 갖도록 해 주었습니다. 지금은 이런 생각을 하고 있습니다. '세상에는 가장 적합한 사람이 있지만, 그런 사람을 만날 수 없을 수도 있다. 그러나 나는 그 사람을 이미 만났다. 나는 이전에는 맛볼 수 없는 마음을 최고 평안하게 해 준 그분 때문에 지금, 이 순간 최고 행복하다. 더 아무것도 바라지 않는다. 단지 내가 그 사람에게 해 줄 수 있는 것이 많기만을 원한다.' 저는 그분이 최고 행복하게 살아가기만을 간절히 원합니다. 그래서 지금도 그분을 위해서 간절히 기도하고 있습니다.

지금 나는 그분을 만난 며칠 후 써 놓았던 글을 보면서 웃고 있다. 그리고 앞으로 글을 쓴다면 제목을 <고혹적인 부사만 색깔>로 정해야겠다고 생각하고 있다. 이 제목을 정했다는 말을 그분에게 했을 때 그분은 웃으면서 몇 마디 했다. 아무튼 그분의 문자가 나를 너무도 기쁘게 만든다.

-말의 내용은 잊어버렸지만, 음성의 색깔은 절대로 잊지 못할 것입니다. 그분의 음성은 너무도 고혹적인 색깔이기 때문입니다. 무지갯빛보다 더 아름다운 그 음성의 색깔을 어떻게 표현해야 할지 모르겠습니다. 지금도 그 색깔만 생각하고 있습니다.

나는 이렇게 답했다.

-음성이 고혹적인 색깔이란 말을 들은 그분은 솔찬히 거시기하겠어요.

이 글은 그녀가 저를 만난 다음 쓴 것입니다. 그녀를 만난 다음 저는 1987년도에 사창가에서 나왔던 그녀를 생각했습니다. 그때 제가 1990년의 <귀여운 여인>에서 창녀인 그녀가 사장을 구원시켰다는 그녀의 말 때문이었습니다. 물론 글 그녀 글 중에서는 그녀의 상상이 상당히 들어 있습니다. 글의 요점인 제가 그녀를 향해 '고혹적'이라고 했던 말 때문에 그녀가 행복하게 살고 있다는 점은 사실입니다. 나중에 그녀는 또 다른 글을 보내주었습니다. 이 글에 대해서는 손주에게도 말하지 못했습니다. 글을 쓰던 도중에 그녀가 어디론가 사라져 버렸기 때문입니다.

부사만의 색깔

"여자만의 색깔을 아십니까?"
그 남자가 내게 최초로 했던 말이다.
"여자만의 색깔이라고요? 여자만의 색깔이 있습니까?"
"네. 있습니다."
"그것은 무엇입니까?"
"그것은 말로 표현할 수 없습니다."
"그럼 어떻게 그 색깔을 알 수 있습니까?"
"그것을 보아야만 합니다."
"그 색깔을 볼 수 있습니까?"
"네. 볼 수 있습니다."
"어떻게 볼 수 있습니까?"
"그곳에 가야만 볼 수 있습니다."
"네? 그곳이라고요? 어느 곳에요?"
"여자만이죠."
"여자만이라고요? 여자만이 장소인가요?"
"아니, 여자만을 모르십니까? 이전 이름은 부사만이었습니다."

나는 그때야 여자만이 부사만이란 벌교에 있는 바다임을 알았다. 지금 '여자만의 색깔'이란 말을 처음 듣는 사람이 있다면 나처럼 '남자가 아니라 여자만이 가지는 독특한 색깔이 있다'라는 의미로 생각할지 모르겠다. 아무튼, 그때 나는 여자만이 벌교 주위 바닷가를 의미함을 처음 알았다. 그리고 그곳이 임진왜란 때까지는 '부사만'이라고 불렀다는 것도 그때 알았다. 부사만이란 이름은 백제의 부사현이 그곳이었기에 그렇게 불렀단다.

"제가 여자만 아니 부사만을 현재 갈 수 없지만, 여름이 되면 반드시 가보고 싶습니다. 그런데 부사만에 관한 글을 써 두셨다고 방금 말씀하셨는데, 그 글을 볼 수 있을까요?"

그 남자가 내게 보여준 글이다. <보랏빛 가시나무 새>란 글 제목이 부사만의 색깔을 암시하고 있는 듯하다. 글을 다 읽은 후에 그 남자에게 질문했다.

"부사만 중에 그 장소에서 바라보는 석양이 제일 아름답다 쓰셨는데 그 장소가 그렇게 아름다운가요?"

"저도 아직 잘 모르겠습니다. 이미 말씀드린 것처럼 그 장소에는 아직 가보지 못했습니다. 솔직히 말하면 그 소설에 나오는 장소가 실재한지도 아직은 모릅니다. 단지 상상하고 소설로 썼을 뿐입니다."

나는 속으로 생각했다. 참 이상한 사람이라고. 그때 나는 그 남자를 약간 의심했다. 혹시 나에게 사기치는 것은 아닐까라고. 그 후 소설에서 보았던 내용은 머리에서 지워지지 않았다.

그녀는 제가 쓴 <보랏빛 가시나무새>를 읽고는 너무 좋다고 말했습니다. 저는 그녀에게 공모전에서 낙선된 글이라고 말했습니다. 그녀는 너무 좋은데 왜 낙선되었는지 모르겠다고 말했습니다. 특별히 그녀가 가장 좋아했던 부분입니다.

☯ 낮에만 뜨는 별

"낮에도 별을 보고 싶어요."
침상에 누워 일어날 수 없는 소녀가
3년 동안 밤낮으로 간절히 기도했을 때
가장 빛나는 별이
소녀의 기도 소리를 가슴으로 들었다.
소녀를 위해
가장 빛나는 별은
밤의 옷을 벗어놓고 낮의 옷을 입고
그 소녀의 눈앞에 서서 아침부터 웃고 있었다.
잠에서 깨어난 소녀는
별을 보고 너무 기뻤고
별처럼 웃기 시작했다.

별과 함께 한참 동안 웃던 소녀는
창밖의 사람들을 향해 크게 외쳤다.
"가장 빛나는 별이 지금 제 옆에 떠 있어요."
그 소리를 들으며 지나던 사람들이 말했다.
"참 안됐다. 너무 오랫동안 누워있더니 헛것이 보이는가 봐."

소녀가 가장 빛나는 별이 옆에 떠 있다고
마음을 다해서 외쳐도
누구도 소녀의 말을 믿지 않았다.

"제가 침상에서 일어나 걷는다면 제 말을 믿을 겁니까?"
소녀가 이렇게 말하자 사람들은 그러겠다고 말했다.
가장 빛나는 별은
소녀를 침상에서 일어나 걸어 다니게 했다.
그러자 많은 사람이 이렇게 말했다.
"세상에는 참 신기한 일이 많아. 저런 기적도 있다니까."
"어떤 약으로 저런 효험을 봤을까 매우 궁금하네."

어떤 사람들은 이렇게도 말했다.
"아니야. 그냥 시간이 지나니까 자연스럽게 치료된 거야."

소녀를 치료한 가장 빛나는 별은
이제는 밤하늘에 떠 있을 수 없게 되었다.
소녀를 치료할 때
신에게 밤의 옷을 주고 치료제를 받았기 때문이다.

소녀는 나중에 달리기를 시작했고
대학교의 대표가 되었고
그 지방의 대표가 되었고
마침내 국가대표가 되어
올림픽에 출전해 금메달을 땄다.

의사는 자신이 고쳤다고 자랑했다.
약사는 자신이 고쳤다고 자랑했다.
적극적 사고방식을 말해 준 사람은 자신이 고쳤다고 자랑했다.

소녀는 가장 큰 별이 옆에 있기 때문이라고 말했지만
말을 할 수 있는 모든 사람은
"세상에 낮에 뜨는 별이 어디 있단 말인가. 말도 안 돼."
이렇게 소녀의 말을 무시했다.

간혹 말귀도 알아들을 수 없으리라 생각되는
말도 못 하는 아주 어린 아이들이 소녀의 말을 믿고
가장 큰 별에 대해 눈으로 물어보고
눈빛으로 하는 이야기를 들은 다음 환하게 웃는다.
자신도 가장 큰 별을 보았고
가장 큰 별이 나눠준
보이지 않는 빛을 받아 가슴 깊숙이 품었기 때문이다.

소녀는 지금도
가장 빛나는 별이 자기 옆에 떠 있다고 말한다.
걸어 다니는 사람 중 누구도 믿지 않지만

혹시 한 사람이라도 믿을지 모르니까.
혹시 한 사람이라도 볼지 모르니까.
혹시 그 사람이 너일 수도 있으니까.

혹시 걸을 다리조차 없고
혹시 말할 혀조차 없고
혹시 볼 눈조차 없는
혹시 너만이라도
가장 빛나는 별을 볼지 모르기에.
낮에만 떠 있는 가장 빛나는 별은
지금도 어디서나 보인다.
빛 밖에 빛을 보는 사람에게만.
빛 안에 빛을 보는 사람에게만.
빛과 빛이 하나 됨을 보는 사람에게만.
빛과 함께 빛처럼 살기를 원하는 사람에게만.

"이모 정말 낮에만 떠 있는 별이 있을까?"
별은 잘 모르지만, 너를 사랑하는 사람의 마음은 항상 바로 네 옆에 떠 있음은 확실해. 어쩌면 네 마음에 떠 있다고 말하는 것이 더 정확하겠지.

글을 다시 보며 장군님과 화가님을 생각했습니다. 그런데 그녀에게 '고혹적'이라고 말했던 것이 소설 <이순신 보물>에 있음을 기억하고 깜짝 놀랐습니다. 장군께서는 결혼한 후 열선루에서 부인과 함께 노을 품에 안겨 있을 때 이렇게 말했습니다.

"모두가 우리 가족이지만, 당신만 이렇게 입맞춤하며 영원히 사랑하는 내 연인입니다. 너무도 사랑스러운 당신의 눈동자를 보는 지금 고혹적이란 단어를 이해하게 되었습니다. 어느 시인이 사랑하는 사람을 바라보면서 했던 말을 지금 하고 싶습니다."

"그 시인이 무어라 말했는데요?"

**너무도 고혹적인 눈동자 속에 있는
최고 행복한 모습을 보는 사람보다
더 행복한 사람은 분명히 없으리라**

"당신이 최고 행복하다는 말씀이군요. 그런데 그 시를 다음과 같이 수정하면 더 좋을 것 같아요."

**너무도 고혹적인 눈동자 속에 있는
최고 행복한 모습을 보고 있는 사람
그 모습을 보고 있는 또 한 사람
그 사람들만큼 행복한 사람은 없으리**

그런데 놀라운 사실은 장군님께서 열선루에서 아내의 눈에서 보았던 그렇게 고혹적인 눈빛을 장양항구 진석 마을 뒷산 언덕에서 장군께서 업어주었던 그녀 눈빛에서도 보았답니다. 사랑하는 사람을 그리워하며 부사만의 노을을 바라보며 눈물 흘리던 눈빛도 매우 고혹적일 수 있다는 사실입니다. 저는 소설에서 이것을 읽으면서 중 1학년 때 '고혹적인 사랑이란 그리워하는 것이며 소중히 여기는 것이며, 그것은 절대고독 속에서 가지는 변함없는 마음일 수 있다'라는 점을 정리할 수 있었습니다. 그래서 저는 중 1학년 때 이미 이 글을 써 두었던 것입니다. 이 글도 <보랏빛 가시나무새>에 있는 것으로 그녀가 가장 좋아했던 것입니다. 물론 이 글이 중 1학년 때 어떻게 해서 써졌는지를 알게 된 것도 2024년 4월 28일 이후입니다.

가슴에
절대절망과 절대고독의 늪이 있는 사람은
자신과 같은 사람을 만나면
시간을 뛰어넘어
영원의 방으로 재빨리 들어간다.

두 사람은 영원의 방에서
가슴에 있는 절대절망과 절대고독을
'가슴의 눈물'이라고 부르며
서로의 눈물을 닦으면서
기쁨의 향기를 맡게 된다.

다시 발견한 '이순신사랑'을 만지면서 소설 <이순신 보물>을 더 기억하게 되었고, <이순신사랑>을 이렇게 보완했습니다. 그리고 이미 만들어 놓은 책 표지 뒷면 글을 곱씹고 있습니다.

보성읍성 열선루는
이순신이 신부에게 영원한 사랑을 고백한 장소였다
出死力愛行 則猶必爲也
죽을 힘을 다해 사랑하면 반드시 이루어집니다

글을 곱씹고 있음은 장군께서 명량해전에서 죽을 힘을 다해 싸우셨던 이유를 말씀하신 것을 1924년의 소설 <이순신 보물>에서 보았기 때문입니다. 마음을 가장 따뜻하게 만든 글입니다.

죽을 힘을 다하여 사랑하는 것이 온전한 사랑이기에
온전한 사랑이 끝까지 지속되는 것이 영원한 사랑이기에
열선루에서 신혼 밤에 아내에게 영원한 사랑을 맹세했기에
큰 가족인 백성 지키는 것이 아내에게 맹세한 그 사랑이기에

독자들 요청에 따라서 2025년 4월부터 5월에 출판한 책들을 소개합니다.

이 책과 직접 연결된

<이순신보물> : 열선루의 비밀 소개

가장 중요한 보물은 **열선루(列仙樓)**입니다.
이 작은 책을 읽으면
열선루(列仙樓)에서 필사즉생(必死則生) 마음을 품으셨던 이순신 장군께
신인(神人)이 꿈에 나타나 말씀하신 이유를
신인(神人)의 말씀대로 싸워 승리한 것을
천행(天幸)이라 기록하신 이유를 분명하게 알게 될 것입니다.
또한, 이런 말들의 의미도 잘 알게 될 것입니다.
 - 우리가 할 수 있는 것은 최선을 다하고
 우리가 할 수 없는 것은 하늘에 맡겨라
 - 임금이 아니라 장군이 되어라.
 - 돌을 금보다 귀히 여기라

<이순신눈물> : 아들의 죽음과 연결된 장군님 피눈물

2025년 5월부터 출판된

<억만장자의 소설> : 쓰레기 더미에서 주운 행운의 글

<첫사랑 징검다리> : 첫사랑과 공생주의

<마음을 행복하게 만든 사람들> : 아름다운 사랑 이야기

<청소부가 된 성자들> : 거리 청소를 하는 성자들

고혹적인 부사만 색깔 143

<그 청년은 살아낸다> : 1980년 5월 민주화운동 후 고백 소설

<목사들이 생각한 이재명> : 원래의 기독교 정치

<대통령 예수님 닮고픈 이재명> : 참된 본 제시

마침내 발견한 이순신사랑

초판 1쇄 발행 2025년 6월 6일

지은이   이순태

펴낸이   이순태
펴낸곳   뷰티풀월드
주 소   전남 보성군 벌교읍 원지동길 189-14
문 의   okvision7777@gmail.com(출판사)
            saintspaullee@gmail.com(저자)
전 화   010 9437 7883
디자인
            사진   S. 폴리
ISBN   979-11-992327-9-2

* 책값은 뒤표지에 표시되어 있습니다.
* 이 책의 내용 전부 또는 일부를 무단 사용을 금지합니다.
사용하시려면 반드시 저자의 동의를 받아야만 합니다.
저자의 동의 없이 사용하는 경우 법적 책임이 따르게 됩니다.

궁금하게 여기신 분들을 위해 알려드립니다.

제가 <이순신보물>과 <이순신눈물>을 출판했는데
두 권을 읽으신 분들 가운데 이런 질문을 하신 분들이 있었습니다.
"두 권에 나온 모든 보석은 소설을 위해 설정한 것들이죠?
소설에 나온 보석 중 하나만 팔아도 지금처럼 살고 계시지 않을 테니까요.
그중에 하나만 팔아도 수십억 이상이라는데, 아직도 현금이 없다면서요."
저는 이렇게 질문하신 분들에게 대답했습니다.
"네, 맞습니다.
소설에 나온 보석들은 어디까지나 감동을 주기 위한 설정이니까요.
그런데 소설에 기록한 소원들이 현실에서 이루어진다면 얼마나 좋을까요.
그래서 지금도 신인에게 기도하고 있습니다."

저의 모든 글에는 신인에게 드리는 저의 간절한 소원이 들어 있습니다.